Die Leiden des Commissario Curreli

Das Buch

Bisher war Giacomo Curreli, ein Commissario mit sehr ausgeprägtem Gerechtigkeitssinn und eigenwilligen Methoden, nur in seiner Heimat Sardinien tätig. Doch nun muss er reisen: Von Rom über Sardinien, Fidenza, Parma bis nach Turin wird er geschickt, um einen Fall nach dem anderen zu lösen. Und Curreli muss sich nicht nur mit den unterschiedlichen regionalen Gepflogenheiten auseinander setzen, sondern auch mit allerlei skurrilen Verbrechen, seltsamen Opfern und geheimnisvollen Tätern. Nur gut, dass er bei allem Erstaunen über die menschlichen Abgründe nie seinen fast schon kindlichen Glauben an die Gerechtigkeit verliert ...

Der Autor

Marcello Fois wurde 1960 im sardischen Nuoro geboren und lebt heute mit seiner Familie in Bologna. Er ist der herausragende Vertreter des italienischen Noir. Sein Werk wurde mehrfach ausgezeichnet und in alle wichtigen Sprachen übersetzt.

Von Marcello Fois ist in unserem Hause bereits erschienen:

Der Tod wäscht alles rein

Marcello Fois

Die Leiden des Commissario Curreli

Roman

Aus dem Italienischen von Esther Hansen

List Taschenbuch

Besuchen Sie uns im Internet:
www.list-taschenbuch.de

Umwelthinweis:
Dieses Buch wurde auf chlor- und säurefreiem Papier gedruckt.

Ungekürzte Ausgabe im List Taschenbuch
List ist ein Verlag der Ullstein Buchverlage GmbH, Berlin.
1. Auflage Mai 2005

Titel der italienischen Originalausgabe: *Piccole storie nere*
(Giulio Einaudi Editore, Turin)
Umschlagkonzept: HildenDesign, München – Stefan Hilden
Umschlaggestaltung: Hauptmann und Kompanie Werbeagentur,
München – Zürich
Gesetzt aus der Bembo
Satz: KompetenzCenter, Mönchengladbach
Druck und Bindearbeiten: Clausen & Bosse, Leck
Printed in Germany
ISBN-13: 978-3-548-60533-3
ISBN-10: 3-548-60533-8

Inhalt

Man müsse seine Situation verstehen, betonte der Polizeipräsident, ja also, die Dinge lägen nun einmal so, wie sie lägen.

»Das wissen Sie so gut wie ich, Commissario«, sagte er, »das wissen Sie so gut wie ich …«

Giacomo Curreli lauschte mit hochkonzentrierter Miene. Der Präsident fuhr fort: »Ich persönlich halte ganz große Stücke auf Sie, damit wir uns richtig verstehen, aber …«

Aber? Schweigen, ungefähr zweiunddreißig Sekunden vollkommenes Schweigen, während der Präsident mit einem kleinen Lederlappen seine dicken Brillengläser putzte.

»Aber«, fuhr er fort und setzte die Brille wieder auf, »wir können gewisse Umstände, die Ihre Versetzung unaufschiebbar erscheinen lassen, einfach nicht länger leugnen, nein, wir dürfen sie nicht ignorieren.«

Curreli zuckte mit den Schultern und kratzte sich am Kinn: »Und deshalb …?«

Dem Polizeipräsidenten schien der Atem zu stocken, nur einen winzigen Moment, aber lang genug, um ihm die Röte ins Gesicht zu treiben. »Und deshalb habe ich Sie zu mir bestellt«, sagte er kurz angebunden.

»Das dachte ich mir«, erwiderte Curreli ebenso kurz.

»Gut«, der Polizeipräsident entspannte sich sichtlich, »das erleichtert mir die Sache. Wie wäre es, wenn Sie Ihren Resturlaub nehmen, bevor Sie den neuen Posten antreten, dann können Sie mal ein bisschen Zeit mit der Familie verbringen?«

Der Präsident bemühte sich um ein komplizenhaftes Lächeln.

Curreli zählte im Geist seine noch ausstehenden Urlaubstage. »Dann kann ich gleich in Pension gehen«, sagte er unvermittelt.

Der Polizeipräsident sah ihn mit einer Mischung aus Staunen und Sorge an.

»Wenn ich meinen gesamten Resturlaub nehme, kann ich gleich in Pension gehen«, erklärte Curreli, »vielleicht ist es besser, wenn ich die neue Stelle sofort antrete. An welche Stadt hatten Sie denn gedacht?«, fragte er.

»Rom«, sagte der Präsident langsam, »Rom.«

Rom

Lach nur, mein Sohn Brutus

»Keine Ahnung«, schnaufte der Straßenkehrer. »War vielleicht 'n Katzennarr, Dottore ...«

»Ein Katzennarr ... Der hier ... Könnte sein ... Und die Tüte mit dem Futter?« Commissario Currelis Atem roch nach Kaffee.

Der Straßenkehrer zuckte die Achseln. »Von wegen Tüte, die verdrücken ganze Wagenladungen ... wenn ich nicht aufpasse, fallen diese Viecher noch mal über mich her ...«

»Marchini?« Der knappe Ruf des Commissarios genügte und der Beamte, der steif und streng wie ein Carabiniere der Ehrengarde in der Nähe stand, kam eilig heran. »Ich habe den anderen überprüft«, sagte er. »Sieht ganz nach einer Überdosis aus.«

»Ich hab's ja gleich gewusst«, mischte sich der Straßenkehrer ein.

»Schon gut, schon gut ... Mit Ihnen sind wir fürs Erste fertig. Mein Kollege nimmt noch Ihre Personalien auf und dann halten Sie sich bitte zu unserer Verfügung«, fiel ihm der Commissario ins Wort.

Von dort oben, sehr weit oben, konnte der Professore den ganzen Palatinshügel überblicken. Das Forum sah aus wie eines dieser

Modelle für Schulen, nach dem er jahrelang erfolglos für das Kollegium gesucht hatte. Er war erstaunt, wie klar die Sicht war, trotz der Nebelschleier, die auf diesem Märzmorgen lagen.

»Hast du das gesehen, Ciacci? Die wissen nicht einmal, wer wir sind«, sagte er zu dem Mann neben sich.

»Die Ausweise und das Messer habe ich in den Tiber geworfen, Herr Lehrer, genau wie Sie gesagt haben.«

»Scheint ein vornehmer Herr zu sein«, überlegte der Commissario laut, »ordentlich angezogen, keinerlei Papiere bei sich.«

Marchini ließ einige Sekunden verstreichen, ehe er antwortete. »Ein Stricher«, stellte er dann fest. »Das sind häufig vornehme Leute. Bei denen käme man nie auf die Idee, dass sie sich am Abend herumtreiben auf der Suche nach … na ja, Sie verstehen schon …«

Curreli nickte, da gab es nicht viel misszuverstehen, und die Hypothese schien ihm gar nicht so aus der Luft gegriffen. »Dann wäre unser vornehmer Herr also der falschen Person begegnet … Und der andere?«

»Ach, der andere hat nichts damit zu tun, der hat sich nur hier versteckt, um sich in Ruhe einen Schuss zu setzen, und musste dann auch dran glauben … Der Mülli hat ganze Arbeit geleistet: zwei Tote auf hundert Metern!«

»Marchiiini!«, protestierte der Commissario. »Mitarbeiter der Straßenreinigung, höchstens noch Müllentsorger! Wenn das jemand von der Presse spitzkriegt, landen wir unter der Überschrift ›Rassismus des Alltags‹ in den Fernsehnachrichten: Pass also bitte auf, was du sagst, oder sag am besten gar nichts mehr …«

»Herr Lehrer, was soll das mit dem *Rassismus des Alltags*?«

»Ach, Ciacci, du warst schon immer einer von denen, die alles erklärt haben wollen, um nur nicht selbst nachdenken zu müssen. Das ist so eine Redewendung: Auch wenn Sprache an sich nicht wehtut, liefert sie doch stets einen Hinweis auf eine bestimmte Sichtweise, die den anderen nicht immer mit Respekt betrachtet, verstehst du?«

Ciacci zog eine Art Schmollmund, dann entspannten sich seine Gesichtszüge wieder: »Hm … aber Herr Lehrer, warum müssen Sie bloß immer alles so kompliziert machen …«

»Du hast also mal wieder gar nichts verstanden. Aber um das Thema zu wechseln: Jetzt haben sie mich also gefunden, besser gesagt, der *Mitarbeiter der Straßenreinigung* hat mich gefunden, vor knapp einer Stunde, erstochen, mausetot mitten im Cäsarsforum … Er lässt alles stehen und liegen, um ein Telefon zu suchen, und auf dem Weg zur Straße stößt er dann auf dich! Da frage ich mich doch, ob du für deine Schweinereien keinen anderen Ort finden konntest als ausgerechnet diesen.«

Ciacci runzelte ärgerlich die Brauen: »Gehört ja schließlich nicht Ihnen, die Gegend da unten, und wenn Sie's genau wissen wollen, das ist schon seit Ewigkeiten mein Stammplatz, okay?«

»Du bist ein ausgemachter Esel! Ich weiß wirklich nicht, warum ich dir vertraut habe.«

Die stellvertretende Staatsanwältin hieß mit Nachnamen Vanni und war eine gut aussehende Vierzigjährige. »Also, Commissario?«, fragte sie, während sie sich unter der Umzäunung aus Pflöcken und Plastikbändern hindurchbückte, mit der zwei Beamte den Tatort provisorisch abgesperrt hatten.

Curreli schickte Marchini mit einer minimalen Handbewegung fort. »Tja«, sagte er dann mit unverbindlichem Lächeln zur Anwältin. »Die vorläufige Bestandsaufnahme lässt auf einen Raubmord schließen, bei der Leiche wurde kein Portemonnaie gefunden.«

»Und keine Ausweispapiere, ich weiß. Bei dem anderen?« Dottoressa Vanni pflegte einen barschen Tonfall.

Curreli breitete die Arme aus. »Fehlanzeige. Ebenfalls keinerlei Papiere …«

Ciacci zögerte. Er betrachtete den Verkehr unter ihm, der immer dichter um den archäologischen Bezirk brandete. Dann blickte er auf den weiten Platz zwischen der Via dei Fori Imperiali und der Via San Pietro in Carcere, wo sich die Streifenwagen drängten, außerdem zwei Krankenwagen und einige Lieferwagen mit Arbeitern auf ihrem Weg zu der nahe gelegenen Baustelle für die Jubiläumsfeiern.

»Die glauben, Sie sind schwul, Herr Lehrer«, bemerkte er plötzlich und brach in lautes Gelächter aus.

Der Lehrer hörte nicht auf ihn. Er lauschte gespannt dem Bericht, den der Commissario gerade dieser hübschen Signora ablieferte. Es musste sich bei ihr um die Untersuchungsrichterin handeln.

Doch Ciacci ließ sich nicht entmutigen: »In der Schule haben sie auch immer gemeint, dass Sie vielleicht solche Neigungen haben …«

»Hast du was gesagt?«, fragte der Lehrer, als tauche er gerade aus fernen Gedanken auf.

»Ja«, wiederholte Ciacci. »Rusconi hat in der Schule immer gesagt, auf das Nudelholz steht er ganz besonders …«

»Wer? Rusconi?«

»Nein, nicht Rusconi! Sie, Herr Lehrer! Rusconi hat gesagt, dass Sie da ganz besonders drauf stehen!«

»Ich?« Nun war der Lehrer tatsächlich ratlos. »Deine Ausdrucksweise ist einfach fürchterlich, Ciacci«, sagte er schließlich und gab es auf, ihn verstehen zu wollen.

Sein Gegenüber ließ nicht locker: »Deshalb, als Sie mich heute Abend in der Spielhalle zu sich gewunken haben, dachte ich schon: Vielleicht hat der Rusconi ja doch Recht und unser Geschichtslehrer hat Arschbacken aus Samt … Ich konnte ja nicht wissen, was Sie von mir wollten.«

»Aber du bist trotzdem mitgekommen …«

»Na klar bin ich mitgekommen, was denken Sie denn, hätte ja ein bisschen Kleingeld dabei rausspringen können, für 'n Schuss: Was soll's, hab ich mir gesagt, immer noch besser der Geschichtslehrer als irgendein Fremder, bei den ganzen Krankheiten heutzutage …«

»Wir sind überzeugt, dass es sich um zwei separate Fälle handelt. Die erste Leiche wurde mit einer noch ungewissen Zahl Messerstiche niedergestochen, die Gerichtsmedizin wird das noch ermitteln«, referierte Commissario Curreli gerade Dottoressa Vanni. »In geringer Entfernung davon lag der zweite Mann, die Spritze steckte noch in seinem Arm. Es gibt nichts, was auf eine Verbindung zwischen den beiden schließen lassen würde: ein Zufall, ein schrecklicher Zufall.«

»Dennoch kommt mir der Ort recht ungewöhnlich vor, zumindest für eine Messerstecherei.« Die Stimme der Dottoressa Vanni war eine Mischung aus Honig und Fernet. »Dass die Drogenabhängigen diesen Ort frequentieren, ist bekannt, aber ein so brutaler Mord mitten im Cäsarsforum …«

»Ja«, stimmte Curreli zu, »das gibt uns allerdings zu denken …«

»Gut, dann denken Sie gefälligst schneller und lassen mich die Ergebnisse wissen«, schloss Dottoressa Vanni und ging zu dem blauen Wagen.

Die Menschenansammlung wuchs stetig an: Touristen, Bauarbeiter und ein paar Fernsehteams. Der Lehrer beobachtete, wie sein kräftiger Körper mit einem weißen Tuch zugedeckt wurde, während etwas abseits der Gerichtsarzt noch Ciaccis Leichnam untersuchte.

»Dabei hatte ich nicht das mindeste erotische Interesse an dir … Als ich die Untersuchungsergebnisse mit meinem Todesurteil bekam, habe ich mir gedacht: Dann lass uns wenigstens für einen ordentlichen Abgang sorgen, ohne Todeskampf, ohne Krankenhäuser, ohne Chemotherapie, und da bist du mir eingefallen, die Drogen … und Cäsar …«

»Ich …«, wiederholte Ciacci etwas unsicher.

»Ja, du … und die Stunde, als ich dich über Cäsars Tod abhörte, weißt du noch?« Ciacci kratzte sich ratlos am Kopf. »Wir sprachen über die Anzahl der Messerstiche. Dann sagtest du, dass es richtig gewesen sei, Cäsar um die Ecke zu bringen, dass er ein Tyrann gewesen sei, ein Diktator und so weiter … und dass es sich daher eigentlich gar nicht um Mord gehandelt habe … Na ja, immerhin war es das erste Mal, dass ich eine eigene Meinung von dir hörte …«

»Aber Sie haben mir trotzdem nur vier Punkte gegeben …«

»Eben, genau dafür habe ich dir vier Punkte gegeben, obwohl du überhaupt nichts wusstest; verdient hattest du höchstens zwei!«

»Überdosis«, verkündete der Gerichtsmediziner. Curreli sah ihn an und hoffte auf weitere Erkenntnisse. »Sonst nichts«, meinte der Arzt, als hätte er dessen Gedanken erraten. »Guter Stoff, hundertprozentig sauber, das haut selbst den abgebrühtesten Drogensüchtigen um …«

Ciacci wurde fast ein wenig zornig: »Mensch, Herr Lehrer! So blöd bin ich auch wieder nicht: hundertprozentiger Stoff! Wo zum Teufel hatten Sie den bloß her? Der hätte für mindestens fünf Trips gelangt! Und ich Trottel fall voll drauf rein …«

Der Lehrer hörte nicht zu, sondern beobachtete den Gerichtsmediziner, der sich über den toten Körper beugte und mit der Spitze seines Stifts die Einstiche zählte. »Mal sehen, ob du noch weißt, was du bei mir gelernt hast …«, murmelte er Ciacci zu, ohne sich zu ihm umzuwenden.

»Außerdem«, fuhr er fort, »habe ich keine Ahnung von sauberem oder weniger sauberem Stoff: Ich musste dich nur irgendwie dazu bringen, das zu tun, was ich von dir wollte, egal wie …«

»Na ja«, grinste Ciacci. »Bei dem Turkey heute Nacht hätte ich sogar meine Mutter umgebracht für 'n Schuss.«

»Siehst du, wie berechenbar du bist? Ich wusste, dass du ideal dafür warst, deshalb bin ich zu dir gekommen.«

Die Sanitäter des einen der beiden Krankenwagen trugen Ciacci nun auf einer Bahre durch die Menschenmenge in Richtung Parkplatz.

Der Gerichtsarzt erhob sich mit knackenden Gelenken. »Ihr könnt ihn wegbringen«, sagte er mit einem letzten Blick auf die Leiche des Lehrers.

Curreli trat näher. »Und?«, fragte er.

Der Arzt verzog das Gesicht. »Nichts: vierundzwanzig Messerstiche, drei davon tödlich.«

»Siehst du, was du für ein Esel bist? Dreiundzwanzig! Es hätten dreiundzwanzig Messerstiche sein müssen!«, schäumte der Lehrer.

Ciacci konnte gerade noch der Ohrfeige ausweichen.

Im Wegrennen sah er Rom unter seinen Füßen dahingleiten.

Geliebte Frau,

der Sommer hier ist wunderschön, fast wie bei uns. Und in weniger als zehn Tagen sehen wir uns schon wieder … Aber ich schweife ab, ich muss dir etwas sagen, was ich schon am Telefon sagen wollte, aber vielleicht ist es einfacher, wenn ich es dir schreibe: Die Versetzung nach Sardinien wurde abgelehnt und auch in Rom kann ich nicht bleiben. Im Norden scheint es einen Personalengpass zu geben, in Bologna oder etwas südlich davon. Am liebsten würde ich ja kündigen, aber wie soll ich das tun? Besser gesagt: Was soll ich sonst tun? Du weißt selbst, dass ich nichts anderes gelernt habe als den Polizeiberuf, und als Pensionär im Kräutergarten sehe ich mich auch nicht. Du weißt, dass ich immer ein Ziel vor Augen brauche. Ich glaube, es ist für uns an der Zeit, ein paar wichtige Entscheidungen zu treffen. Seit ich von zu Hause weg bin, hatte ich viel Zeit zum Nachdenken: Vielleicht sollten wir allmählich die Möglichkeit in Betracht ziehen, ob ihr nicht nachkommt. Natürlich haben wir schon darüber gesprochen und ich weiß auch, dass es für die Mädchen nicht leicht ist mit der Schule und allem. Ihr fehlt mir so, ihr fehlt mir so …

»Scheiße!« Giacomo Curreli schlug mit der Faust auf den Tisch. Marchini drehte sich überrascht um und sah ihn an. »Was denn?«, fragte Curreli. Marchini hob beschwichtigend die Schultern. Curreli nahm den Brief, den er geschrieben hatte, und zerriss ihn. Marchini tat mit einem bedauernden Kopfschütteln kund, dass er die Situation nur zu gut verstand. Curreli sah ihn lange misstrauisch an: Wenn er nur einen Ton sagt, springe ich ihm an die Gurgel, dachte er, doch Marchini sagte nichts. Gar nichts.

»Möchtest du mir etwas mitteilen?«, fragte Curreli herausfordernd. Marchini schüttelte den Kopf. »Gut«, sagte Curreli, »gut, ich muss ja nicht überall mit meinen Privatangelegenheiten hausieren gehen …«

Marchini wischte sich mit einem Papiertaschentuch den Schweiß von der Stirn: »Sie sind urlaubsreif, Commissario.«

Curreli musste lächeln. »Noch sechsmal aufstehen«, sagte er, »dann geht's ans Meer.«

»Kaffee?«, fragte Marchini.

Curreli nickte und erhob sich: »Aber zuerst muss ich telefonieren«, erwiderte er und griff zum Hörer.

»Soll ich rausgehen?« Marchinis Verstimmung war nicht zu überhören.

»Bleib da und hör auf zu nerven«, murmelte Curreli, während er auf die Verbindung wartete. »Ich bin's«, sagte er plötzlich, dann rief die Stimme am anderen Ende der Leitung ein zärtliches Lächeln auf seine Lippen. Jeder Topf findet seinen Deckel, schoss es Marchini durch den Kopf. »Es gibt etwas, das wir besprechen müssen«, setzte Curreli an. »Nein, ich erzähle es dir am besten gleich, dann können wir in sechs Tagen, wenn wir uns wiedersehen, in Ruhe darüber reden …«

Schweigen.

»Einen Moment«, sagte Curreli abgelenkt.

Denn in ebendiesem Moment betrat der Wachmann Frediani, ohne anzuklopfen, das Büro. »Commissario«, keuchte er, einmal weil es heiß war und außerdem weil er ein emotionaler Mensch war, »draußen ist eine junge Dame, die behauptet, sie habe mit einem Toten geredet.«

Curreli sah ihn ärgerlich an. »Ich melde mich später wieder«, sagte er zu seiner Frau ins Telefon.

Stand-by

Beim ersten Klingeln des Telefons fährt die Dame in Schwarz jäh herum. Sie wirft ihrem Mann einen vernichtenden Blick zu.

Er reißt die Augen auf und schüttelt den Kopf: »Das ist nicht meins ...«, murmelt er mit seiner gewohnten Stimme, die immer schuldbewusst klingt. »Das ist nicht meins!«, wiederholt er mit einem Anflug von Wut. Dennoch tastet er unwillkürlich in Brusthöhe nach seiner Jacke, wie zum Schwur, dabei will er nur sichergehen. Er zieht das Handy hervor und seine Gesichtszüge entspannen sich. »Hier, siehst du, es ist ausgeschaltet!«, ruft er leise und hält es seiner Frau hin. Nun, angesichts dieser unwiderlegbaren Gewissheit, hat er allen Grund, den Beleidigten zu spielen. Was er auch tatsächlich tut.

Die Dame in Schwarz schnieft und ignoriert ihn. Es hat nur ein einziges Mal geklingelt, dann nicht mehr. Bestimmt hatte er das Handy doch an, dieser Schwachkopf, der völlige Wahnsinn, und nun tut er so, als sei es aus gewesen, dabei hat er es erst nach dem ersten Klingeln ausgeschaltet. Aber mich täuscht er damit nicht! Er könnte wenigstens den Schein wahren: Ein Angehöriger, der aufrichtig trauert, geht einfach nicht mit angeschaltetem Handy zur Beerdigung … sollte man zumindest meinen, denkt die Frau in Schwarz. Aber dieser Schwachkopf schafft es immer wieder, sie bloßzustellen! Sie schnieft erneut und atmet dabei einen kräftigen Schwall friedhofsgeschwängerter Luft ein. Es riecht nach Schlangenwurz und Lilien, denn der gerade verschiedene teure Cousin mochte ausschließlich weiße Blumen. Natürlich nur im Schaufenster eines Blumenladens, denn der gerade verschiedene teure Cousin, Gott schenke ihm die ewige Ruhe, gab niemals eine Lira mehr aus als unbedingt nötig. Am Leben gespart, aber scheffelweise Geld gehortet: vorsichtige Investitionen, hier und da ein kleines Darlehen zu Wucherzinsen, ein, zwei Freunde bei der Bank und so weiter: Das Vermögen ist gemacht, ein hübsches Sümmchen hat sich angesammelt … Zudem ein eingefleischter Junggeselle, denn auch mit seinen Gefühlen war der Verstorbene eher … zurückhaltend.

»Ein schwerer Verlust, und so jung.« Ein Bankfreund tritt heran und schüttelt der Dame in Schwarz die Hand. »Es versteht sich, dass ich der Familie für etwaige Klärungen bezüglich der Vermögensverhältnisse Ihres armen Cousins jederzeit zur Verfügung stehe«, setzt er hinzu.

Die Dame in Schwarz schnieft vernehmlich. »Ich bin die einzige Hinterbliebene«, stellt sie klar. »Und ich bin viel zu aufgewühlt, um jetzt an Geld zu denken«, sagt sie eitel. »Doch sicher wäre es in seinem Sinne, deshalb schlage ich vor, wir vereinbaren einen Termin für die kommende Woche … So zu sterben, fern von zu Hause, wenn er doch nur angerufen hätte …«

Der Bankfreund macht eine bedauernde Geste: »Der Herzinfarkt kennt kein Pardon«, sagt er.

Beim ersten Klingeln hebt er ab.

»Okay, jetzt hör mir mal gut zu …«, schreit ihm eine Frauenstimme ins Ohr.

Ihm entfährt ein Seufzer der Erleichterung. Darum betet er, das Handy dicht an die Brust gepresst, seit ungefähr einer Stunde: zu Gott oder wem auch immer. »Klingel endlich«, sagt er. »Klingel!«, fleht er. Nichts. Zwischendurch versucht er sich umzusehen. Er ist so verstört, dass er nicht einmal Angst verspürt. Sein einziger Gedanke gilt dem Handy, dessen Akku noch für ungefähr zwanzig Minuten im Stand-by-Modus reicht. Er beschwört es zu klingeln. Und dann klingelt es also.

»Okay, jetzt hör mir mal gut zu …«, schreit ihm eine Frauenstimme ins Ohr, noch bevor er einen Ton herausbringt.

Ihm entfährt der besagte Seufzer der Erleichterung. »Du hast angerufen …«, setzt er an.

»Wage es nicht, mich zu unterbrechen!«, raunzt sie. »Sonst lege ich sofort wieder auf …«

»Aber …«, setzt er noch einmal an.

»Ich lege auf …«, droht sie.

»Nein …«, keucht er. Dann schweigt er und hofft, ihre Stimme wieder zu hören. Einige Sekunden Stille, ihre Stimme ertönt.

»Es geht um letzten Samstag … Ich habe mir das noch mal durch den Kopf gehen lassen, und zwar gründlich, ich habe sogar gehofft, dass du mich anrufst, aber wenn man etwas von dir erwartet, etwas von dir zu erwarten heißt, am besten rein gar nichts zu erwarten, und genau so war's dann ja auch, nämlich von dir rein gar nichts, ich hätte es ja gleich wissen müssen, ich hätte viel früher meine Koffer packen sollen, aber dann hab ich gedacht, er wird sich schon noch entscheiden, so ist er nun mal, und wenn man jemanden liebt, dann liebt man irgendwann auch seine

Schwächen, aber du, von wegen, zwei Jahre der Heimlichtuerei, als würdest du dich für mich schämen, ist es das? hast du dich für mich geschämt? aber ich war für dich ja nie mehr als ein Zeitvertreib, etwas für einsame Stunden und so und natürlich für deine körperlichen Bedürfnisse, so spärlich die auch waren, ja, mein Lieber, das muss ich dir ganz offen sagen, im Bett hab ich bei dir immer nur so getan, als ob, aber ich habe dich geliebt, trotz allem geliebt, immer habe ich mir gesagt, er wird sich schon noch ändern, beim Abendessenkochen habe ich mir gesagt, er wird sich ändern und bald schon wird er ganz groß mit dir ausgehen, mit einem wunderschönen Blumenstrauß im Arm wird er kommen und sagen, heute gehen wir aus, Schluss jetzt mit dem ewigen Zuhausehocken, heute Abend machen wir was ganz Verrücktes, Restaurant im Zentrum, mach dich hübsch, ich will, dass alle dich sehen, und dann hab ich mir vorgestellt, wie wir zusammen aus dem Haus gehen und vor der Tür steht eine weiße Limousine, die du extra für mich gemietet hast, mit Chauffeur und allem Schnickschnack, und dann sagst du: steig ein, und ich frage: aber wohin fahren wir denn? und du sagst: das ist eine Überraschung, steig ein und sei nicht so neugierig, und ich frage: wie sehe ich aus? und du sagst: einfach bezaubernd, und dann nimmst du zwei Sektgläser und machst eine Flasche Champagner auf, die du im Wagen kalt gestellt hast, und ich sage: du bist ja verrückt, aber ich liebe dich, und du lächelst zärtlich und gibst dem Fahrer ein Zeichen, der uns voller Rührung im Rückspiegel betrachtet, wie man ein frisch verliebtes Pärchen betrachtet, und dann fährt er los zu einem Ort, den er vorher mit dir abgesprochen hat, und ich sage: du weißt genau, dass ich von Champagner immer ganz beschickert werde, und du sagst, heute Abend lässt du keine Ausreden gelten, ob du dich klar ausgedrückt hast, und dabei siehst du mich mit verheißungsvollem Blick an, und ich trinke und sage nur immer, du bist verrückt, aber ich liebe dich, dann halten wir endlich vor dem teuersten und exklusivsten Restaurant der Stadt und du hast dem Chauffeur gesagt, dass er direkt vor dem Eingang stehen bleiben soll, so dass alle uns sehen können, und tatsächlich hält er direkt vor dem Eingang an und macht uns die Autotür auf und du bietest mir deinen Arm, weil ich schon beinah zwei Gläser Champagner getrunken habe und ein bisschen wackelig auf den Beinen bin, aber das liegt nicht nur am Champagner, sondern auch daran, dass ich so glücklich bin und so überrascht und an den hohen Absätzen und dem engen Rock und überhaupt allem, und so stütze ich mich also auf deinen starken Körper, du bist so schick in deinem tadellosen Anzug, und ich steige aus und du legst den Arm um meine Taille und alle sehen uns an, wie wir so hereinkommen, und denken, sieh mal, die zwei lieben sich aber, wie stolz er auf seine Frau ist und wie verliebt sie ihn anschaut, und wir werden an den Tisch geführt und du bestellst in fließendem Französisch Austern und noch mehr Champagner und lauter so französische Sachen, und als wir beim Dessert angelangt sind, kommt der Kellner mit einem kleinen Lächeln heran und hält mir ein zugedecktes Tablett hin und da liegt ein Schächtelchen drunter und ich frage: was ist das denn? und mein Herz klopft wie wild, weil ich kaum glauben kann, dass das alles wahr sein soll, dass all das tatsächlich passiert, und du sagst: mach es auf, und ich sage: ich verstehe nicht, und du sagst: mach es auf, und ich sage: du bist verrückt, und du sagst: los, und ich will noch etwas sagen, lasse es dann aber und öffne das Schächtelchen und dann reiße ich die Augen auf, es ist ein Solitär, groß wie ein Maiskorn, ein so hell leuchtender Stein, dass ich kurz ganz geblendet bin, i-i-ist der e-e-echt? stottere ich und du schüttelst den Kopf, natürlich nicht, sagst du, bei Cartier haben sie mir geschworen, dass er eine perfekte Fälschung ist, sagst du mit der Stimme eines Schauspielers, ich bin so aufgewühlt, dass ich ihn nicht mal anfassen kann, was machen wir jetzt?, fragst du, sollen wir die ganze Nacht hier bleiben und ihn anstarren oder willst du ihn dir anstecken? Und ich stecke ihn mir an den Finger, er passt genau, ich habe ihn gekauft, während du geschlafen hast, sagst du, willst du mich heiraten?, fragst du ganz beiläufig, ja, sage ich, jajajajaja, wiederhole ich, alle drehen sich zu uns, aber das ist mir egal, ich sehe mich um in diesem Lokal mit all den schönen und eleganten Menschen und plötzlich sind wir ganz allein, alles verschwindet hinter den blendenden Reflexen meines Solitärs, und als wir dann endlich zu Hause sind, lieben wir uns natürlich, du küsst mich, als sei ich eine sonnengereifte, saftig-süße Frucht, dann schiebst du mir eine Hand in den Ausschnitt und streichelst meine Brüste, ich will dir die Jacke ausziehen, aber du sagst: warte, die Nacht ist noch jung, du flüsterst leise und küsst mich weiter, du streifst mir das Kleid ab, es fällt auf meine Füße, du trittst einen Schritt zurück und betrachtest meinen nackten Körper, mach deine Haare auf, sagst du, du bist wunderschön, sagst du, und du schlüpfst aus dem Sakko und unsere Körper führen ein Eigenleben, sie scheinen es ohne einander gar nicht mehr auszuhalten, ich kann es kaum erwarten, deinen Körper zu erforschen, ich reiße dir das Hemd vom Leib, um mit fiebrigen Fingern deine Brust zu berühren, deine Haut glüht, ich küsse dich zärtlich auf den Hals, der ganz kratzig ist von den Bartstoppeln, dann widmen sich meine weichen Lippen ganz deinem prächtigen Phallus, wir sinken aufs Bett, am nächsten Morgen weckst du mich mit einem Kuss, einer Rose, einem Tablett mit einem riesigen Frühstück, du bist noch nicht angezogen, danach lieben wir uns noch einmal, dann sagst du: ich liebe dich, und ich sage: ich liebe dich noch viel mehr, dann gehe ich ins Bad, um zu duschen, und du kommst mir nach und wir lieben uns wieder, träume ich?, frage ich dich und du sagst: nein, du träumst nicht, aber natürlich träume ich, denn als ich aufwache, finde ich einen deiner Zettel, auf dem steht, dass wir uns eine Woche lang nicht sehen können, dass ich nicht anrufen soll, obwohl ich sowieso weiß, dass du bei der Arbeit nicht gestört werden willst, und außerdem weiß ich auch, dass du mich nicht anrufen wirst, weil du ein Handy hast, auf dem du nur angerufen werden kannst, weil das billiger ist, und dich zu Hause anzurufen ist vollkommen undenkbar, weil das philippinische Hausmädchen deiner Schwester, das bei dir putzt, eine fürchterliche Tratschtante ist und ihr alles erzählt.«

»Ich befinde mich in einer Sackgasse …«, wagt er in einer Atempause einzuflechten.

»Versuch nicht, mich umzustimmen«, fährt sie fort, nachdem sie in Rekordzeit Luft geholt hat. »Dieses Mal bin ich wirklich entschieden und seit letztem Samstag möchte ich nichts mehr mit dir zu tun haben, such dir eine andere, eine, die immer bereitsteht und gerne deine Dienerin spielt, die bei jedem Pfiff angesprungen kommt …«

»Ich bin ein toter Mann, so hör mir doch zu …«, schreit er, aber seiner Kehle entfährt nur ein trockenes Rasseln …

»Ich habe dir viel zu lange zugehört!«, schnappt sie zurück. »Vergangenen Samstag habe ich mir zum letzten Mal Hoffnungen gemacht, ganz abgesehen davon, dass es dir völlig egal wäre, wenn ich an einem Herzinfarkt sterben würde, du rufst aus einer Telefonzelle an, und kaum höre ich deine Stimme, denke ich, dieses Gespräch wird er dir dein Leben lang vorhalten, und ich bin nicht mal überrascht, nur alarmiert, und als du mir vorschlägst, essen zu gehen, bekomme ich fast weiße Haare, es ist Schluss, denke ich, er ruft mich an, lädt mich zum Essen ein, er will Schluss machen, aber dann denke ich, du rufst nur aus einer Telefonzelle an, für ein paar Münzen, Ortstarif, und ich bin sicher, dass du die Rechnung in der Pizzeria, im Bestfall eine Pizzeria, nur ungern bezahlen würdest, aber ich bin eben blöd, wie immer dir gegenüber, und denke mir, okay, das ist ja schon was, und schaue, ob ich genug Geld zum Bezahlen dabeihabe, ich mache mich zurecht und treffe dich im widerlichsten Restaurant der Welt, dreißig Kilometer von meiner Wohnung entfernt ...«

»Hör zu, du musst herkommen!«, setzt er an und es klingt wie das Jaulen eines Hundes, der sein Herrchen verloren hat. Das Piepen seines Handys sagt ihm, dass der Akku bald leer ist.

»Dreißig Kilometer von meiner Wohnung entfernt!«, betont sie noch einmal. »Von dem Geld fürs Taxi hätte ich eine komplette Kreditrate bezahlen können, aber was interessieren dich die anderen, das Wichtigste ist doch, dass du nicht zahlen musst, weil du geizig bist, ein totaler Geizkragen, und du hast Käsfüße und aus dem Mund stinkst du auch, du Scheißkerl!«

Dann folgt etwas, was wie ein asthmatisches Keuchen oder der Druckausgleich einer Tauchermaske klingt.

»Wenn du nicht kommst, bin ich ein toter Mann!«, nutzt er die Pause. »Notier dir den Ort, du musst mich retten! Hilf mir!«, winselt er. Das Mobiltelefon signalisiert mit zwei Pieptönen, dass die Verbindung jeden Augenblick unterbrochen werden kann.

»Aus, aus, aus, sagt dir das Wort ›aus‹ was? Aus und vorbei, finito, ich habe immer hinter dir gestanden, ich war immer für dich da, du hast mich gerufen und ich war da, aber jetzt reicht es, du brauchst gar nicht das arme Opfer zu spielen, deine letzte Chance hast du in dieser dreckigen Pizzeria verspielt, wo du mich Samstagabend hingeschleppt hast, und um mir was zu sagen? dass dein Benzin alle ist und du keinen Penny mehr zum Tanken hast und dass du gedacht hast, ich könnte ja eine Pizza mit dir essen und dann fährst du mich nach Hause, nachdem du von meinem Geld voll getankt hast, du elender Wurm, und das ist eine Beleidigung für diese armen Kriechtiere, du Scheißparasit, da hab ich rot gesehen, ich bin ja lieb und nett, geduldig und verständnisvoll, aber was zu viel ist, ist zu viel, und weißt du, was das Witzigste daran ist? Ich habe immer noch gehofft, dich wachrütteln zu können, habe gehofft, du würdest verstehen, wie wichtig du mir warst, aber von wegen, mir geht es gar nicht gut, hast du gesagt, du erpresserisches Schwein, ich glaube, ich falle in Ohnmacht, hast du gesagt, dann fall doch und stirb, und wenn dich niemand anderes nach Hause bringt, dann stirb halt an diesem stinkigen Scheißort oder ruf einfach einen Krankenwagen, der fährt dich auf Kosten der Beitragszahler nach Hause, dann wird das letzte Bild, das ich von dir habe, das eines drittklassigen Schauspielers sein, der mir mit einer erbärmlichen Vorstellung das Herz zu erweichen versucht …«

Piep, piep, piep.

»Bist du noch dran? Hallo, hallo …«

»Das kann nicht sein!«, insistiert die junge Dame. »Ich habe doch noch gestern Nachmittag mit ihm gesprochen!«

»Sie müssen sich im Tag irren, Signorina.« Commissario Currelis Stimme klingt erschöpft, er möchte nach Hause, aber diese

Verrückte hält ihn hier fest und behauptet, mit einem toten und bereits verscharrten Mann gesprochen zu haben.

»Nein, ich irre mich nicht im Tag, dafür habe ich die Todesanzeige in der Zeitung zu oft gelesen: Sehen Sie, hier steht, dass er gestern beerdigt wurde, und gestern kann nicht sein, weil ich gestern Nachmittag noch mit ihm geredet habe.«

»Sie irren sich bestimmt im Tag. Das Begräbnis fand gestern um 14.45 Uhr statt, hier sehen Sie es«, sagt Curreli und weist auf die Anzeige, »es ist also völlig ausgeschlossen, dass Sie noch miteinander telefoniert haben. Ich kann Ihre Bestürzung verstehen, ich kann auch verstehen, dass es nicht besonders angenehm ist, aus den Zeitungen und erst einen Tag später zu erfahren, dass der eigene Verlobte gestorben ist. Aber bitte sehen Sie doch ein, dass Ihr Gespräch nicht zu dem Zeitpunkt stattgefunden haben kann, den Sie nennen. Sie irren sich im Tag«, wiederholt er.

Doch sie wischt all seine Argumente beiseite, nennt ein Datum und eine Uhrzeit. Weicht nicht davon ab und bittet um eine Verbindungsanfrage bei der Telefongesellschaft.

»Wissen Sie, was Sie da verlangen?«, explodiert Curreli. »Ihnen zufolge soll Ihr ... Verlobter während seines Begräbnisses in aller Seelenruhe mit Ihnen telefoniert haben.«

»Ehrlich gesagt war es mehr ein Streit«, verbessert sie ihn. »Ich habe ihm ein wenig die Meinung gesagt, na ja, ich war eben nicht glücklich über unsere Beziehung, ich hatte mir falsche Hoffnungen gemacht ...«

Eine entschiedene Bewegung von Currelis Arm, der in die Höhe schießt wie der eines Schülers, der seine Lehrerin darum bittet, austreten zu dürfen, lässt sie augenblicklich verstummen. »Marchini!«, zetert Curreli. Der Beamte kommt ins Büro gestürzt. »Hatte der Verstorbene, wie heißt er noch, ein Mobiltelefon bei sich?«

»Unter den vor Ort gefundenen Sachen des Verschiedenen befand sich kein Mobiltelefon«, erwidert Marchini prompt.

»Und in seiner Wohnung?«, setzt Curreli in Gedanken an die Versicherung hinzu, die vor der Vertragsabwicklung eine pedantische Durchsuchung der häuslichen Räumlichkeiten des verstorbenen Millionärs angeordnet hat.

»Nichts«, erwidert Marchini wie ein Musterschüler.

»Sehen Sie?«, leiert Curreli an die Frau gewandt. »Kein Mobiltelefon. Vielleicht haben Sie aus Versehen die falsche Nummer gewählt und mit jemandem gesprochen, der eins hatte, ein Mobiltelefon. So was kann passieren …«

»Ich habe mit ihm gesprochen!« Die Dame legt einen solchen Nachdruck in ihre Worte, dass Curreli einen Moment versucht ist, ihr zu glauben.

»Marchini!«, ruft Curreli in Richtung der gerade zugefallenen Tür. Die Tür wird wieder aufgerissen und erneut steht die Gestalt des Beamten Marchini im Büro. »Ruf die Cousine des Toten an und frag sie, ob es ein Handy gab und wo es hingekommen ist. Und ruf die Telefongesellschaft an: Die Nummer der Signorina steht hier, sag, sie sollen keine langen Umstände machen, du bräuchtest die Antwort sofort, ein Blick auf die Verbindungsübersicht genügt …«, ordnet er an und reicht ihm einen Zettel mit ein paar hingekritzelten Zahlen.

Marchini nimmt den Zettel und verschwindet ohne eine Erwiderung.

Minuten vergehen. Zwischen Curreli und der Dame eine Mauer aus gespanntem Schweigen.

»Scheint zu stimmen«, bestätigt Marchini, der wieder eingetreten ist, ohne dass die Frau oder der Commissario es bemerkt hätten. »Ein Handy, mit dem man nur angerufen werden kann, sagt die Cousine. Sie meint, er habe dran gehangen, es sei seine ›größte‹ Anschaffung der letzten Jahre gewesen. Sie haben es ihm zusammen mit einer Ausgabe des Evangeliums in die Tasche gesteckt, als sie ihn zurechtgemacht haben.«

»Was ist das nur für ein Mist!«, platzt Curreli heraus. »Ein Handy, das im Sarg klingelt!«

»Na ja, muss sich wohl um eins mit großer Reichweite gehandelt haben …«, wendet Marchini ein.

»Und das Telefongespräch? Was sagt die Telefongesellschaft?«, fragt Curreli hoffnungsvoll.

Marchinis erneute Bestätigung lässt ihn erstarren: »Der Telefonanruf ist tatsächlich registriert …«

»Wie ich gesagt habe!«, triumphiert die Dame.

Curreli sieht Marchini an. Sein Blick ist so müde, dass man Lust bekommt, ihm ein Schlaflied zu singen. Es ist spät, Abendessenszeit ist schon vorüber. »Und wo finden wir jetzt einen Richter, der uns die Anordnung zur Exhumierung unterschreibt?«

»Tja, Commissario, immerhin kann uns der Tote nicht davonlaufen, da können wir den Richter ruhig auf morgen früh verschieben …«

Das Mobiltelefon wurde tatsächlich gefunden: Es lag zerbrochen unter dem Leichnam.

»Ja, ich bin's noch mal … Nein, nur ein ganz verrückter Fall … Wer hat gesagt, dass ich nicht komme? Was hat das damit zu tun? Das wird dieses Mal nicht passieren, so wahr mir Gott helfe!«

»Ich war mit den Mädchen im Haus am Meer … Ich habe alle Fenster aufgerissen und mal kräftig durchgelüftet … Giacomo, bitte lass mich nicht wieder hängen …«

»Wofür hältst du mich? Jetzt übertreib aber mal nicht …«

»Nein, es ist ja nur, weil ich dich kenne … Also, wann kommst du?«

»Nächste Woche, wie geplant …«

Während des Telefongesprächs hatte Marchini Curreli mit einer Mischung aus Mitleid und Sympathie beobachtet. Curreli hängte auf. Ein paar Sekunden herrschte Schweigen. Die Hitze war unerträglich. »Also?«, fragte Curreli in melancholischer Stimmung.

Marchini zuckte mit den Schultern: »Nichts …«

»Was gibt's dann zu gucken?«, hakte Curreli herausfordernd nach.

Marchini ging im Büro auf und ab und wiederholte, dass nichts sei. Dann versuchte er zu erklären, dass er ihn sehr gut verstehen könne, es sei nun mal nicht einfach, immer fern von zu Hause, und dann mit den zwei Kindern, das sei sicher kein Zuckerschlecken. Tief im Innern musste Curreli akzeptieren, dass sein Antrag auf Versetzung nach Sardinien abgelehnt worden war, aufgrund personeller Engpässe. Marchini dachte, dass er es hier wohl mit einem jener Menschen zu tun hatte, die sich in den höheren Abteilungen stets Feinde machten, und vielleicht ahnte er auch, womit. Zwischen den beiden herrschte ein bizarres Schweigen. Selbst die Telefone standen still.

»Jedenfalls ist das nicht wirklich Urlaub, was mir da bevorsteht«, sagte Curreli schließlich.

Marchini nickte fast unmerklich. »Ich weiß«, sagte er. Curreli sah ihn erstaunt an. »Ich habe mit Franchi aus der Personalabteilung gesprochen«, fügte Marchini erklärend hinzu, »und der hat mir von Fidenza erzählt.«

Curreli sah den Beamten an wie einen alten Freund: »Mit dir bin ich immer gut zurechtgekommen«, murmelte er.

Marchini lächelte: »Machen Sie sich keine Gedanken, genießen Sie erst mal Ihren Urlaub, wir kommen hier schon klar.«

Santa Lucia (Provinz Nuoro)

Feuer(Geister)

Das Forstbüro ist ein enges Räumchen. Der Beamte blickt mich an: Er sieht gelangweilt aus, allmählich werde ich unruhig.

»Dann sind Sie also aufgrund eines Hinweises darauf gestoßen.«

»Ja … ein Hinweis«, bestätige ich, »ein alter Mann stand vor meiner Haustür und hat mich aufgefordert, ihm zu folgen … Meine Frau …«

»Ihre Frau … Wir prüfen das gerade …«

»Er hat mich gut zwanzig Minuten durch Pinienwälder geführt und mir dann die Zündschnüre gezeigt …«

»Und warum ist er nicht selbst gekommen … der Alte, meine ich … um seinen Fund anzuzeigen?«

»Keine Ahnung.«

»Ja, nun gut, aber wo ist dieser Mann jetzt … Wie heißt er?«

Ich senke den Kopf: »Das weiß ich nicht, ich habe ihn noch nie zuvor gesehen, keine Ahnung. Er hat mich zu diesem Ort geführt, mir die Zündschnüre gezeigt und dann …«

»Dann?«, echot der Forstbeamte.

»Dann ist er … verschwunden.« Plötzlich fühle ich mich so, wie sich ein Verdächtiger beim Verhör in meinem Büro fühlen muss. Ich sehe meinem Fragesteller in die Augen und weiß, dass er mir nicht glaubt, ebenso wenig wie ich mir an seiner Stelle glauben würde.

»Alle wie neu und nicht abgebrannt, diese Zündschnüre«, stellt er mit einem Anflug von Skepsis in der Stimme fest. »Zu Ihrem Glück«, fügt er hinzu.

»Diesen Gedanken können Sie sich aus dem Kopf schlagen«, fahre ich ihn an. »Ich bin Kommissar bei der Kriminalpolizei!«

»Was das betrifft, Dottor Curreli«, erwidert der Forstbeamte, ohne sich aus der Ruhe bringen zu lassen, »haben wir schon so einiges erlebt: Einmal haben wir sogar einen Priester überführt …«

»Wenn ich ein Pyromane wäre, würde ich doch nie und nimmer herkommen und den Fund zur Anzeige bringen …«

Mein Einwand scheint keinen besonderen Eindruck auf den Beamten zu machen: »Auch Pyromanen können hin und wieder ihre Meinung ändern … Wenn Sie es mal aus unserer Warte betrachten, merken Sie schnell, dass die Dinge nicht so einfach liegen: Wussten Sie, dass wir schon gezwungen waren, selbst auf frischer Tat ertappte Pyromanen wieder laufen zu lassen?«

Ich sehe ihn erstaunt an.

»Aber ja«, bekräftigt er, »die brauchen nur zu behaupten, dass sie das Feuer nicht legen, sondern im Gegenteil gerade löschen wollten, als wir dazukamen … Sie sind Kriminalbeamter, Sie wissen doch, wie das läuft: Um jemanden festzunehmen, muss man ihn mit der Zündschnur in der Hand ertappen, wenn er unmittelbar im Begriff ist, sie anzuzünden.«

»Ich hatte ja keine Auszeichnung erwartet, aber dass man mich gleich verdächtigen würde … Die bisherige Sachlage besagt, jedenfalls bis zum Beweis des Gegenteils, dass ein unbescholtener Bürger, der dazu noch im öffentlichen Dienst tätig ist, einen

Brand von möglicherweise erheblichen Dimensionen verhindert hat. Kann ich jetzt gehen? Ich möchte in Frieden meinen Urlaub fortsetzen …« Ich stehe auf, um zu demonstrieren, dass meine Geduld erschöpft ist.

»Verbessern Sie mich, wenn ich mich irre …«, meint der Beamte, als ich zur Tür gehe, »die Stelle, wo Sie die Zündschnüre gefunden haben, grenzt nicht zufällig an Ihr Grundstück?«

Türen schlagend gehe ich hinaus, diese Frage verdient keine Antwort.

Ich kann es nicht sehen, aber ich bin sicher, dass der Beamte mit einem Lächeln im Gesicht vor sich hin nickt.

Im Auto herrscht drückende Hitze, obwohl es erst sieben Uhr morgens ist, aber ich bin zu zornig, um es zu bemerken, und sitze noch eine ganze Weile mit den Händen auf dem Lenkrad da, ohne den Motor anzulassen.

Meine Frau erwartet mich auf der Schwelle unseres Hauses, einer kleinen Villa ein paar Schritte vom Strand entfernt.

»Wie war's?«, fragt sie.

»Wie es war? Ich bin nur knapp dem Gefängnis entkommen, kannst du dir das vorstellen?«

»Ach«, sagt meine Frau, aber sie wirkt nicht sehr erstaunt. »Das war übrigens das erste und letzte Mal, dass ich für dich gelogen habe.«

Ich starre sie an, als sähe ich sie zum ersten Mal: »Gelogen? Was soll das …«, schreie ich.

»Sprich gefälligst leise, die Kinder schlafen«, sagt sie.

Eine Minute schweigen wir beide.

»Hör zu, ich habe die ganze Nacht kein Auge zugetan und bin todmüde, wenn du also etwas sagen möchtest, dann tu es jetzt …«

Ich will das klären und versuche ruhig zu bleiben.

»Es ist wegen dieses Mannes, der dich heute Nacht angeblich abgeholt hat und dir diese Stelle mit den Zündschnüren gezeigt hat ...«

»Ja, und was ist damit?«

»Heute Nacht war niemand hier.«

Ich sehe sie wieder an, als sei sie eine völlig Fremde, nicht die Frau, mit der ich die letzten zwanzig Jahre meines Lebens verbracht habe: »Was soll das heißen, niemand war hier?« Jetzt bin ich wirklich wütend. »Du hast ihm doch die Tür aufgemacht und mich dann geweckt!«

Meine Frau sieht mich böse an: »Ich weiß nicht, was du vorhast, aber hör endlich auf, mich in deine Angelegenheiten hineinzuziehen.«

Ich bin dermaßen überrascht, dass mir keine Erwiderung einfällt.

»Der Alte«, sage ich nur, »der mit dem Bart, hat nach mir gefragt und du hast ihm gesagt, dass ich schlafe ...«

»In deinen Träumen vielleicht«, gibt sie sarkastisch zurück. »Ich weiß nichts von einem Alten, ich weiß nur, dass zwei Typen vom Forstamt mich um fünf Uhr morgens aus dem Bett geholt und gesagt haben, sie hätten dich aufgegriffen und du hättest von einem Alten geredet, der zu dir nach Hause gekommen sei. Das habe ich bestätigt, aber nur, weil ich mir eine Erklärung von dir erhofft habe.«

Du willst wissen, was passiert ist? Du willst eine Erklärung? Also gut, dann erzähle ich dir, was passiert ist.

Zwei Uhr nachts. Du hast mich geweckt, weil jemand nach mir gefragt hat, ein Alter aus der Gegend, hast du gesagt. Der sich nicht vorgestellt hat. Ich sage zu dir: Schick ihn weg, ich bin im Urlaub, ich will keine Scherereien. Du sagst, dass er ein anständiger Kerl zu sein scheint, der mich vielleicht braucht … Ich stehe also auf, gehe zu ihm an die Tür, weil er nicht hereinkommen will: Er möchte nicht stören. Der Alte sieht irgendwie krank aus, er ist ganz schwarz vor Ruß … hat gutmütige Augen … Er kennt mich und nennt mich beim Namen: Giacomo Curreli, aber sich selbst stellt er immer noch nicht vor. Er sagt, er müsse mir etwas zeigen, ich sei doch Kommissar, oder? Ich nicke, ja, ich bin Polizeikommissar und im Urlaub. Der Alte senkt den Kopf, wiederholt, er müsse mir etwas sehr Interessantes zeigen, und geht dann, ohne eine Antwort abzuwarten, in Richtung Pinienwald … Ich ziehe mir ein Hemd über und folge ihm, du stehst vor der Haustür und siehst uns nach. Ich gehe hinter ihm her und frage weiter, was er mir denn zeigen wolle und ob das nicht bis morgen Zeit habe, aber er läuft immer einen Meter vor mir her und sagt nur: Kommen Sie, kommen Sie, wir sind fast da … Wir gehen über eine Lichtung, ein kahler Platz, der den Pinienwald in zwei Blöcke teilt. Der Alte erzählt mir, dass genau an dieser verödeten Stelle, die wir gerade überqueren, vor einigen Jahren noch ein Wald mit Korkeichen gestanden habe: Sie haben ihn niedergebrannt und bauen nun ein Hotel darauf, sagt er. Ich antworte, dass ich das nicht gewusst hätte, dass wir unser Haus und Grundstück erst vor weniger als einem Jahr gekauft hätten. Schlimme Sache: Das Feuer kam bis an die Häuser heran, sagt er.

Währenddessen gehen wir weiter. Ich werde allmählich ungeduldig: Ist es noch weit?, frage ich. Der Alte betritt, ohne sich umzudrehen, die dichteste Stelle zwischen Laubwerk und Pinien: Wir sind fast da, sagt er, passen Sie auf, dass Sie nicht über eine Wurzel stolpern.

Ich passe auf, so gut ich kann. Der Vollmond scheint auf den mit Ästen übersäten Boden, aus der sandigen Ebene steigt ein intensiver bitterer Geruch auf. Nach Ginster und Zistrose und Pinie, alles vermischt wie in einem hochprozentigen Gebräu.

Der Mann vor mir geht immer weiter. Ich folge ihm schweigend wie ein zahmer Esel. Irgendwann fragt mich der Alte, wie lange ich nicht mehr auf Sardinien gewesen sei. Ich antworte, nicht so lange: Ich war in Nuoro, dann ein paar Monate in Rom, bevor ich der Kripo in Fidenza zugeteilt wurde. Der Alte sagt, das sei eine schöne Gegend. Ich nicke.

Endlich bleibt er stehen. Ich bleibe auch stehen: Da, sagt er und zeigt auf einen Myrtenstrauch. Und da, nun deutet er auf eine alte Pinie: Sie sind überall in einem Umkreis von zweihundert Metern, schließt er. Ich knie nieder, am Fuße des Myrtenstrauchs sehe ich ein Päckchen, wie eine zusammengerollte Zeitung. Eine Zündschnur, sagt der Alte: Es ist alles bereit, sie warten nur auf den Wind ... Wer?, frage ich, ohne mich umzudrehen ... Aber es antwortet niemand.

Meine Frau sieht mich an, als glaube sie mir nicht. Sie glaubt mir, ich weiß, dass sie mir glaubt, und dennoch schaut sie mich weiter an, als glaube sie mir nicht. Sie legt sich die Hand auf den Mund, wie um zu verhindern, dass Worte herauskommen. Ich bin keineswegs verrückt geworden, murmele ich. Da nimmt sie die Hand vom Mund und reicht mir einen Brief vom Innenministerium. Die Versetzung nach Fidenza. Wir haben wohl etwas zu bereden, haucht sie. Ich nicke: Ich wollte es dir noch sagen. Wohin dieses Mal? Fidenza, sage ich, als würde ich es selbst erst in diesem Moment in der Mitteilung lesen, die auf dem Tisch liegt. Hör zu, beginne ich. Aber sie hört mir nicht zu, die

Mädchen sind aufgewacht. Ich versuche aufzustehen und ihr zu folgen. Das Klingeln des Telefons hält mich davon ab.

Marchini am anderen Ende der Leitung in Terracina scheint mir zu glauben:

»Hier steht es auch nicht zum Besten«, sagt er, »beinah hätte das Feuer bis auf Rom übergegriffen, die Schweine!«

»Ich habe es gelesen ...«

»Machen Sie sich keine Sorgen, der Alte wird sich schon noch finden, vielleicht hat er ja irgendwelche Vorstrafen und will nichts mit den Forstleuten zu tun haben ... Genießen Sie Ihren Urlaub und denken Sie nicht mehr darüber nach ...«

»Der Urlaub ist ruiniert, Marchini ... Du hättest mal das Gesicht von diesem Forstbeamten sehen müssen ... Und das meiner Frau ... Wir haben über Fidenza gesprochen.«

»Commissario, das müssen Sie verstehen: Es gab ja sogar 'nen Toten, stand in der Zeitung ... der das Feuer löschen wollte ... Und Ihre Frau ... vielleicht ...«

Grußlos lege ich auf, bevor er ausreden kann.

Ich bin so deprimiert, dass ich nur noch schlafen will. Ich gehe in die Küche, meine Frau macht belegte Brötchen für die Mädchen, für nach dem Baden ... Gewohnte Handgriffe, die alltäglichen Dinge flößen mir Frieden ein. Ich sitze dort und sehe sie schweigend an. Sie schüttelt sich hin und wieder leicht, als laste mein Blick auf ihren Schultern.

»Die Zeitung!«, rufe ich irgendwann aus. Ich weiß nicht, warum, aber in meinem Kopf hat sich plötzlich ein Abgrund aufgetan.

»Welche Zeitung?«, fragt meine Frau und legt eine Scheibe Käse auf ein Brötchen.

»Die von vor zwei Tagen …«

»Schau doch mal in der Abstellkammer«, meint sie gleichgültig, »da tue ich die alten Zeitungen hin …«

Ich gehe zum Altpapier. Die fragliche Zeitung liegt ganz unten. Da sehe ich ihn: den Alten. Aber es ergibt keinen Sinn. Was ich sehe, ergibt keinen Sinn. Ich lasse mich auf einen Stuhl fallen. Meine Frau dreht sich um, sieht mich an, aus meiner Miene spricht Verwirrung, ohne dass ich etwas sagen muss.

»Das ist er!«, bringe ich schließlich nach Atem ringend hervor und zeige ihr die Seite der Tageszeitung. »Der Alte von letzter Nacht.«

»Kann es sein, dass die Meerluft dir nicht gut tut?«, fragt sie ironisch und wendet sich wieder ab.

Ich will gerade antworten, da werden wir von den Mädchen unterbrochen, die aufgestanden sind und es nicht erwarten können, an den Strand zu gehen.

»Geht ihr allein«, sage ich, als alles bereit ist. »Ich bleibe heute Vormittag hier, bei der Meerluft weiß man ja nie …«

Die Mädchen sehen mich verwundert an, meine Frau geht mit ihnen hinaus.

Jetzt sind wir allein, ich und er, der Alte, meine ich. Auf dem Bild auf Seite sechs der Tageszeitung sieht er jünger aus, aber er ist es zweifellos. Alles könnte perfekt sein: Unter dem Foto steht sogar sein Name. Alles könnte perfekt sein: leicht zu finden, ist noch nicht mal weit entfernt von hier; ich könnte zu ihm gehen und ihn zwingen, mich ins Forstbüro zu begleiten, damit dieser aufgeblasene Wichtigtuer dort all seine Verdächtigungen und sein blödes Grinsen und seine idiotischen Fragen zurücknimmt …

Wenn dieser Alte nicht bereits verstorben wäre. Vor zwei Tagen beim Versuch, sein Landgut vor den Flammen zu retten.

Die Luft draußen ist drückend heiß, das offene Fenster ist wie eine Ofentür.

Der Abgrund in meinem Hirn beginnt Bilder zu produzieren …

Der Alte geht vor, ich humpele ein paar Schritte hinter ihm her. Der Boden unter meinen leichten Sandalen knirscht und die Nacht ist pechschwarz. Dabei scheint der Mond: gelb wie eine Zitrone auf dunklem Samt. Wie weit ist es noch?, frage ich. Der Alte strebt weiter: Wir sind fast da … Ich habe noch viel vor, heute Nacht, sagt er. Es muss alles erledigt werden, bevor Wind aufkommt, sagt er.

Jetzt wartet er auf mich und deutet auf ein Bündel unter dem Myrtenstrauch, dann auf ein zweites an den Wurzeln einer Pinie. Ich atme schwer. Der Alte legt mir die Hand auf die Brust, in Höhe des Herzens, er schließt die Augen, um den Herzschlag zu hören, seine raue Hand ist leicht wie ein Windhauch.

Es ist alles bereit, sagt er, sie warten nur noch auf den Wind … Wer?, frage ich, ohne mich umzudrehen … Aber es antwortet niemand.

»Ich muss alles nur geträumt haben.« Ich blicke zu Boden, als ich das sage. »So etwas passiert manchmal … Meine Frau hat Recht gehabt … Deswegen bin ich gekommen …«

Der Forstbeamte nickt langsam, doch ohne jeden Sarkasmus. »Was immer es auch war, es ist gut, dass es so gekommen ist.« Seine Stimme klingt fast sanft. »Sehen Sie das hier?«, fragt er dann und zeigt auf einen Papierstapel vor sich auf dem Schreibtisch. »Das sind alles freiwillige Aussagen: Es gibt eine ganze Reihe von

Menschen, die in der vergangenen Nacht angeblich Besuch von einem alten Mann bekommen haben. Überall Zündschnüre, wenn die alle abgebrannt wären, wäre hier die Hölle ausgebrochen. Und dann kommt heute Morgen auch noch ein Wind auf... Lassen wir das, Commissario, setzen Sie in Ruhe Ihren Urlaub fort und lassen Sie uns dem Schicksal danken ...«

Der Beamte reicht mir die Hand: Es ist eine Verabschiedung, ein ernster Gruß zwischen zwei Menschen, die sich respektieren.

Vor dem Büro fährt mir ein Windstoß des Schirokko durch die Haare und streichelt mir die Brust, wie eine warme Hand.

Fidenza

Es pulsierte. Zuerst kaum wahrnehmbar, dann immer stärker und drängender. So sehr, dass der feuchte Boden unter seinen Füßen wie in einem leisen Grollen erbebte.

Er richtete den schwachen Schein der Taschenlampe auf die Karte, die er mit leichten Strichen auf die Rückseite einer Hektographie skizziert hatte, und studierte sie eingehend. Er musste stehen bleiben, um festzustellen, ob diese Wallung eine äußere Ursache hatte oder vom Zittern seiner Beine herrührte. Wenige Schritte von ihm entfernt die Ruinen des Betsaals: eine Ansammlung von kantigen Felsblöcken, die den Halbkreis des ehemaligen Gebäudes nachzeichneten.

Das saftige, regennasse Gras leckte am dünnen Oberleder seiner Schuhe, bis seine Füße schließlich durch die Strümpfe hindurch nass waren. Ein Sprung und er stand in der Mitte des Halbkreises. Er schritt durch das virtuelle Mittelschiff bis zu dem Punkt, wo sich einst der Altar befunden haben musste.

Es pulsierte. Der Boden unter seinen Füßen wurde nun von präzisen, gleichmäßigen Stößen erschüttert. Wie das Herz eines Flüchtlings, der die Entdeckung fürchtet. Mit zitternder Hand richtete er mühsam den Lichtstrahl auf die Karte. Innerlich mitzählend, machte er ein paar Schritte nach links: eins, zwei, drei. Und ungeachtet der Stimme in seiner Brust, die ihn aufforderte, sofort umzukehren, beugte er sich nach vorn und berührte mit der Hand den Boden.

Auf dem Grabstein lag eine wenige Zentimeter dicke Erdschicht, noch feucht vom nachmittäglichen Regen. Mit fieberhaften Bewegungen versuchte er die eingravierten Buchstaben von dem Schlamm zu befreien. Gleich würde er den Namen entziffern können.

In diesem Augenblick hörten die Stöße auf. Die Luft wurde zähflüssig wie Gelatine. Er wischte sich mit schlammbeschmiertem Handrücken den Schweiß von der Stirn. Dann legte er mit immer hastigeren Bewegungen den Stein frei.

Als er den Griff spürte, offenbarte das Licht der Taschenlampe gerade das Familienwappen: ein Krieger, der vor dem Kreuz Christi niederkniet und eine Schatulle an die Brust drückt; darunter sein voller Name: *Caualiero Don Gonzalo de Peralta y Gonçalves de Câmara.*

Du bist der Wächter

Meine geliebte Frau,

die Gegend ist schön, das Wetter hingegen schrecklich. Das Kommissariat ist ziemlich klein. Man fühlt sich ein bisschen wie im Exil, falls du verstehst, was ich meine. Der Ort ist ganz nach Parma hin ausgerichtet, das ihr unbedingt mal besichtigen müsst, es lohnt sich wirklich. Die Wohnung, die mir zugewiesen wurde, ist zu groß und zu leer. Dafür ist das Büro in dem antiken Palazzo kaum mehr als eine Abstellkammer. Der Menschenschlag hier ist ein ganz eigener: Die Leute sind sehr höflich, aber von einer eher distanzierten Höflichkeit. Im Kommissariat sehen sie in mir so etwas wie den maskierten Rächer – was sich die zuständigen Polizeipräsidenten wohl über mich erzählt haben, ich will es lieber gar nicht wissen. Im Übrigen passiert hier nicht viel. Alles lief vollkommen glatt und ruhig, ohne jede Überraschung, bis dann gestern Morgen plötzlich Marchini im Büro stand, ja, genau der aus Rom, von dem ich dir erzählt habe. Es ist unglaublich, aber ich habe mich wirklich gefreut. Ich vermute, er hat selbst um die Versetzung gebeten. Ich weiß, du glaubst, ich hätte ihn schlecht behandelt, aber das stimmt nicht, ich war froh darüber, ein bekanntes Gesicht zu sehen, und das habe ich ihm auch gesagt …

»Entschuldigen Sie«, stammelte Marchini, als er den Kopf zur Tür hereinsteckte. Curreli drehte sich mit fragendem Gesicht zu ihm um: Kann man nicht ein Mal in Ruhe gelassen werden?

»Ich störe nur ungern«, setzte Marchini an, »aber da kam gerade ein Anruf… schlimme Sache, scheint's, ein Mann wurde tot in einem Graben gefunden.«

Der Commissario blickte auf den Brief an seine Frau, den er gerade zu Ende schreiben wollte, dann in Marchinis pausbäckiges Gesicht. Er musste kurz auflachen. »Gut, ich komme, ich kann nachher weiterschreiben …«

»Wer ist der Tote?«, fragte Commissario Curreli nach einem flüchtigen Blick auf die Leiche, die mit dem Gesicht in dem um den Graben verstreuten Torf lag.

Der Leiter der Spurensicherung, Ginetti, kam mit dem aufgeschlagenen Personalausweis des Opfers auf ihn zu. »Ermanno Lovecchio, 64 Jahre, ledig«, las er vor. »Hier kannten ihn alle: Er war der Küster von San Donnino.«

Commissario Curreli wiegte leicht den Kopf hin und her in dem Versuch, die hartnäckige Horizontalität der ihn umgebenden Landschaft zu erfassen.

»Er liegt irgendwie merkwürdig da, sieht aus, als sei er oben von dem Fahrweg aus herabgeworfen worden«, kommentierte Ginetti, während der Commissario gegen die Versuchung ankämpfte wegzulaufen. Er war deprimiert und angeekelt. »Die eine Hand ist mit getrocknetem Schlamm verkrustet. Auf der Stirn hat er einige parallel verlaufende Male, als sei er mit einer Gabel gekratzt worden«, fuhr Ginetti fort.

Der Nebel schien sich mit dem ersten Tageslicht etwas zu heben. »Vielleicht wird das Wetter ja heute besser«, dachte der Commissario laut. »Diese Feuchtigkeit bringt mich noch um.«

Ginetti verzog den Mund zu einem entschuldigenden Grinsen. »Nun ja, wir sind eben nicht auf Sardinien hier.« Es sollte ermutigend klingen.

»Wie ist er gestorben?«, lenkte der Commisario ab, der allmählich seine Fassung zurückgewann.

Ginetti zuckte die Schultern. »Ich vermute, dass es sich um eine Stoßwaffe handelt: ein Stich in den Hals. Aber dafür müssen wir auf den Gerichtsarzt warten. Er dürfte jeden Moment hier sein.«

Dottor De Pisis, der Leiter des Kommissariats von Fidenza, begrüßte ihn in der Tür seines Büros. »Sie fühlen sich also wohl bei uns. Sind Sie mit der Wohnung zufrieden? Wird Ihre Familie bald nachkommen?«, bestürmte er seinen Untergebenen, bevor der auch nur den Mund öffnen konnte.

Curreli ließ die Fragen resigniert über sich ergehen. »Die Feuchtigkeit macht mir zu schaffen«, erwiderte er nur.

»Nun ja«, stimmte Dottor De Pisis begeistert zu, »wir sind eben nicht auf Sardinien hier! Eine wunderbare Insel! Allein die Gerüche! Meine Frau und ich wollen schon seit Jahren mal dorthin!«, schwärmte er, während er einladend auf einen Stuhl deutete.

Commissario Curreli ließ sich auf dem ihm zugewiesenen Platz nieder und senkte die Augenlider.

»Es gibt hier eine recht große Gemeinschaft von Sarden, alles hochanständige Leute. Allerdings seid ihr schon auch eigen, es ist nicht leicht, an euch ranzukommen, aber euer Sinn für Freundschaft findet heutzutage kaum mehr seinesgleichen. Wenn ein

Sarde dein Freund ist, dann ist er es für immer! So sehe ich das zumindest.«

Commissario Curreli ertappte sich dabei, wie er nickte. Ein Stöhnen der Verzweiflung wuchs in seinem Bauch.

»Ich bin überzeugt, dass Sie sich hier sehr wohl fühlen werden. Abgesehen von seltenen Ausnahmen ist das eine sehr ruhige Gemeinde.«

Der Commissario streckte die Hand aus und legte eine Aktenmappe auf den Schreibtisch des Dottor De Pisis. Nun lag die »seltene Ausnahme« aufgeschlagen vor seinen Augen.

De Pisis warf einen Blick auf die Fotos, welche die Überreste von Ermanno Lovecchio zeigten. »Ein anständiger Mann«, seufzte er und reihte sie nebeneinander vor sich auf. »Stoßwaffe …«, sagte er leise, während er den Bericht des Gerichtsmediziners überflog. »Was soll die Sache mit dem Gaumen?«, fragte er dann.

»Es sieht so aus, als sei er mit einer Art Dreizack durchbohrt worden. Eine ungewöhnliche Waffe, Marchini geht dem nach«, erklärte der Commissario und spreizte Zeige-, Mittel- und Ringfinger. »Die Klinge in der Mitte, die meinem Mittelfinger entspricht, hat die Wirbelsäule in Höhe des Atlas durchbohrt. Eine etwas feinere seitliche Klinge«, er deutete auf den Zeigefinger, »ist durch den Pharynx eingedrungen, dort wo die Zunge entspringt, und am knöchernen Gaumen wieder ausgetreten. Eine andere, gleichartige Klinge«, hier wackelte er leicht mit dem Ringfinger, »hat den darunter liegenden Wirbel durchstoßen und ist in Höhe des Pylorus wieder ausgetreten.«

Mittlerweile sah der Leiter den Commissario mit einer Miene an, die sowohl Staunen als auch Ratlosigkeit ausdrückte. »Ein Dreizack also?«, war sein einziger Kommentar.

Der Commissario schüttelte den Kopf: »So etwas in der Art«,

wiederholte er. »Die seitlichen Klingen stehen im Vergleich zur mittleren zu sehr ab und sind mindestens drei Zentimeter kürzer. Der Stoß erfolgte im Übrigen vertikal, also längs der Wirbelsäule, weil nur so die Effizienz aller drei Klingen gewährleistet ist. Nach Einschätzung des Gerichtsarztes muss es sich beim Mörder des Küsters um einen äußerst kräftigen und erfahrenen Mann gehandelt haben. Er hat entschlossen zugestoßen und die Waffe mit nicht minderer Kraft wieder herausgezogen.«

»Womit ausgeschlossen wäre, dass die Tat von einer Frau begangen wurde«, rief Dottor De Pisis voll Stolz auf seine spontane Folgerung aus.

»Ausgeschlossen«, bestätigte Commissario Curreli. »Und das Fehlen von Blut lässt uns außerdem ausschließen, dass der Küster an dem Ort ermordet wurde, wo er aufgefunden wurde. Seine Stellung deutet darauf hin, dass er von einem fahrenden Auto aus in den Graben geworfen wurde. Aber das muss noch überprüft werden.«

»Gut, gut, dann überprüfen Sie das«, pflichtete der Leiter bei und schloss die Aktenmappe, um sie dem Commissario zurückzugeben. »Ich vertrete die Theorie, dass man den eigenen Mitarbeitern vertrauen muss: Halten Sie mich über jeden Schritt der Ermittlungen auf dem Laufenden.«

»Giacomo, bist du das?«

»Wer sollte es sonst sein?«

»Wie schön, dass du anrufst!«

»Die Mädchen?«

»Denen geht's gut, sie sind in der Schule. Sie waren ganz aus dem Häuschen, als sie dich gestern Abend in den Nachrichten gesehen haben. Sie wollten sofort beim Sender anrufen. Sie werden enttäuscht sein, wenn sie hören, dass du dich gemeldet hast, während sie in der Schule waren.«

»Dann ruft mich doch heute Abend zurück. Ich werde so gegen halb neun zu Hause sein.«

»Du darfst dich nicht so gehen lassen, mit deinem Bart sahst du aus wie ein Schwerverbrecher, im Fernsehen.«

»Mach dir deswegen keine Sorgen, ich komme schon zurecht.«

»Wie ist die Wohnung?«

»Na ja. Leer.«

»Bitte pass auf dich auf … Das ist eine schlimme Geschichte … Kann es sein, dass dieser Typ eine Frau belästigt hat?«

»Wenn er überhaupt jemanden belästigt hat, dann einen Mann: Er war vom anderen Ufer …«

Marchini wartete im Wagen auf ihn. »Sie machen sich zu viele Umstände, Commissario, Sie hätten doch vom Büro aus telefonieren können«, sagte er und stieß den Rauch der Zigarette aus, die er sich gerade angezündet hatte.

Curreli setzte sich im Fahrersitz zurecht. »Es war ein Privatgespräch«, meinte er kurz angebunden.

»Eben drum. Sie schicken uns ans Ende der Welt, da können sie doch kaum erwarten, dass wir unsere persönlichen Anrufe aus eigener Tasche bezahlen.«

Commissario Curreli zog die buschigen Augenbrauen hoch. »Mir ist es so lieber«, sagte er und bemühte sich, seiner Stimme einen entschiedenen Tonfall zu geben.

Marchini ließ nicht locker. »Ich rufe immer vom Büro aus zu Hause an.«

»Ist recht, Marchini. Wo soll dieser Typ arbeiten?«, ging er eilig zum Geschäftlichen über.

»Das Mädchen sagte, er sei Mechaniker in einer Werkstatt etwas außerhalb der Stadt. Sie nehmen den Corso und biegen dann rechts ab. Soll ich fahren?«

»Lieber nicht, ohne dich beleidigen zu wollen, aber das ist die beste Art, einen Ort kennen zu lernen.«

»Ach was, beleidigt, keine Sorge, Commissario. Die hat ihren Verehrer ganz schön in die Pfanne gehauen, als sie uns erzählte, dass er was mit dem Küster hatte.« Marchinis Stimme war voller Andeutungen. »War bestimmt auch nicht besonders toll, herauszufinden, dass der eigene Verlobte einen betrügt, und dann auch noch mit einem Mann, da kann man schon mal fuchsig werden.«

»Und fuchsig schien sie allemal«, stimmte der Commissario zu. »Ich frage mich nur, wenn sie schon länger von der Sache wusste, warum hat sie ihn dann nicht viel früher ›in die Pfanne gehauen‹, wie du es ausdrückst?«

Marchini hob ratlos die Arme und streifte dabei versehentlich das Gesicht des Commissarios mit der Asche seiner Zigarette. »Verzeihen Sie«, sagte er erschrocken und ließ die Kippe schnell im Aschenbecher verschwinden. »Sie hat eben auf den richtigen Moment gewartet. Frauen sind nun mal so, die können warten. Jetzt links abbiegen, dann nach der zweiten Ampel wieder rechts.«

»Haben die Nachforschungen nach der Waffe etwas Neues ergeben?«

»Ich war sogar in der Zentralbibliothek von Parma und bin rund fünfzehn Texte zu dem Thema durchgegangen, ich habe wer weiß wie viele Messer, Kriegswaffen und Trekkingausrüstungen gesehen. Ich habe Kataloge und Preisverzeichnisse gewälzt. Nichts, was einem Dreizack ähneln würde.«

»Ja, aber wir wollen noch nicht aufgeben …«

»Ich halte das für Zeitverschwendung, vielleicht hat der Mechaniker einfach ein Werkzeug aus der Werkstatt benutzt …«

»Wenn er es überhaupt war. Wie heißt er übrigens noch gleich?«

Marchini wühlte in der Tasche, die er auf den Rücksitz gelegt hatte. »Ermes Fiorilli«, entnahm er der Akte. »Immer geradeaus, da müsste gleich wieder eine Ampel kommen, dann sind es noch hundert Meter bis zur Werkstatt.«

Nach der Ampel lag die Stadt plötzlich hinter ihnen.

»Ermes Fiorilli?«, fragte Marchini aus dem Auto heraus einen Mann mittleren Alters, der auf dem Hof vor der Werkstatt Schrottteile aufsammelte. Der Mann hob nicht einmal den Kopf, um zu sehen, wer ihn angesprochen hatte, sondern wies nur mit dem Kinn auf das Innere der Halle. In der Werkstatt war es im Vergleich zu draußen erstaunlich düster. Die aufgereihten Autos sahen wie Flusspferde aus, die mit aufgerissenen Mäulern auf ihr Futter warteten.

»Ermes Fiorilli?«, fragte Marchini den erstbesten Mechaniker, der ihren Weg kreuzte, und hielt ihm seinen Ausweis hin. Der Mann antwortete nicht. Er wandte sich an einen jüngeren, dessen Oberkörper im Rachen einer der Bestien steckte.

Es dauerte nur einen Augenblick, eine Zehntelsekunde: Der junge Mann kam aus dem Inneren der Motorhaube hervor und sah sich um. Der Ältere schrie: »Ermes! Polizei!«

Und mit einem Satz war Ermes an der Rückseite der Halle. Marchini nahm die Verfolgung auf. Commissario Curreli setzte ihm mit ein wenig Verspätung nach. Und bevor er wusste, wie ihm geschah, rannte er schon draußen über das flache Land, das jenseits des Horizonts verschwand. Verflucht noch mal, dachte er, während er in dem weichen Boden einsank. »Verflucht noch mal!«, schrie er, als er sah, dass Marchini und der junge Mann vor ihm kleiner und kleiner wurden.

»Immerhin haben wir einen Verdächtigen«, frohlockte Dottor De Pisis.

»Nach Ansicht des stellvertretenden Staatsanwaltes, der den Haftbefehl unterschrieben hat, ist er mehr als verdächtig«, bemerkte Commissario Curreli. »Widerstand bei der Festnahme und vorsätzlicher Mord.«

»Körperverletzung eines Beamten im öffentlichen Dienst«, fügte Marchini hinzu und drückte einen Beutel mit Eiswürfeln auf sein blaues Auge.

Liebste Gianna,

ich werde hier von allen damit aufgezogen, dass wir uns Briefe schreiben. Sie sagen, sie könnten sich einfach nicht vorstellen, was wir uns nach den stundenlangen Telefonaten noch zu sagen hätten. Aber was interessiert uns die Meinung der anderen? Vor allem der Kollegen, die ja schon eine Krise bekommen, wenn sie nur einen Bericht verfassen sollen. Gestern am Telefon hast du etwas gesagt, das mir keine Ruhe lässt. Was meinst du mit »die Situation kommt dir wohl ganz gelegen«? Glaubst du, ich finde es schön, so weit weg von zu Hause zu sein? Könnte es sein, dass du dir da krause Ideen in den Kopf gesetzt hast? Aber es bleibt bei unserer Abmachung: dass wir erst mal eine gewisse Zeit verstreichen lassen, bevor ich um eine Versetzung bitte. Über all das reden wir aber lieber persönlich, wenn du nächste Woche kommst. Ich kann es kaum erwarten.

Was für »Gefahren«? Ich recherchiere für Curreli in Bibliotheken. Das ist vielleicht ein Typ, dieser Curreli. Hat ganz schön gedauert, bis er mich endlich geduzt hat! Aber ein fähiger Mann. Gestern Morgen rückte er in der Besprechung damit heraus, dass der Verdächtige, ein Mechaniker, nichts mit dem Mord zu tun habe. Da rutschte dem De Pisis das Herz in die Hose. Er wiederholte immer wieder, dass massenhaft Beweise gegen ihn vorlägen und er jetzt keine Schwierigkeiten machen solle. Aber der Commissario eisern. Das seien nur Indizienbeweise und der junge Mann streite alles ab. De Pisis gibt nicht nach, Geschrei und Gezeter, schließlich leugneten alle, wenn sie mit ihren Taten konfrontiert würden. Der Commissario eisern. Die Waffe sei nicht gefunden worden, der Junge hätte vom Tod des Küsters auf keine Weise profitiert, kurz gesagt, er glaubt nicht, dass wir den Richtigen festgenommen haben. Ginetti, der von der Spurensicherung, sagt, Commissario Curreli sei ein Haarspalter und Pedant und deswegen hierher versetzt worden. Morgen früh Ortsbegehung in der Wohnung des Opfers.

Ich denke ganz oft an dich, lass dir von deiner verrückten Cousine keinen Unsinn einreden.

Komm bald, Küsse überall,

TIBERIO

PS: Kein Besichtigungsprogramm, wenn du kommst … Dann bist du dran!!! Ich fress dich mit Haut und Haar!

»Commissario, ich bin's!«, rief Marchini mit dem Mund am Gitter der Sprechanlage.

»Komm kurz hoch, bitte …«, grunzte Giacomo Curreli. »Dritte Eta…« Die letzte Silbe ging im Summen des Türöffners unter.

Marchini stieg die drei Treppen bis zur Wohnung des Commissarios trotz des Lifts zu Fuß hoch. Die Tür war angelehnt. Er klopfte und trat ein. »Commissario?«, rief er und hörte seine Stimme in den drei spärlich möblierten Räumen widerhallen. Aus dem Zimmer am Ende des Flurs, das das Bad sein musste, hörte er das Rauschen der Dusche und sah eine Dampfwolke durch die halb offene Tür quellen. Sein Blick fiel auf die Uhr an seinem Handgelenk. Dann bemerkte er den ranzigen Geruch. Er drehte irritiert den Kopf hin und her, um herauszufinden, wo der Gestank herkam: von der gläsernen Tischplatte. Dort lag eine Zeitungsseite, die zum Einwickeln verwendet worden war und nun einer seltsamen, zerknitterten Suppenschüssel glich. Darin waren zwei Schnecken und ein Fisch zu sehen.

»Das hat mir heute Nacht jemand als Geschenk draußen auf den Flur gelegt«, erklärte der Commissario, der hinter Marchini aufgetaucht war.

»Was ist das?«, fragte dieser mit angewiderter Miene.

»Keine Ahnung«, erwiderte Curreli und rubbelte sich das Haar mit einem Handtuch trocken. »Schaffe ich es noch, mich schnell zu rasieren?«, fragte er.

Marchini warf mit gerunzelter Stirn einen zweiten Blick auf die Uhr.

»Schon gut, also nicht mehr rasieren!«, entschied der Commissario erleichtert. »Nur ein paar Minuten zum Anziehen.«

»Deshalb habe ich beschlossen, mir einen Spitzbart stehen zu lassen«, verkündete Marchini mit lauter Stimme, damit Curreli ihn im Schlafzimmer hören konnte. »Eben weil es einfach schneller geht.«

Der Commissario lächelte und dachte, dass Marchini mit Spitzbart aussah, als hätte er den Mund in Schokocreme getaucht.

»So wirkst du wie ein Carabiniere!«, sagte er, während er auf den Flur trat und sich das Hemd zuknöpfte.

Marchini legte unwillkürlich die Hand auf den Mund. »Ist es denn so schlimm?«, fragte er mit der Unsicherheit eines Teenagers.

Curreli verzog keine Miene. »Ich habe nicht gesagt, dass du schlimm aussiehst. Es sei denn, du findest es schlimm, unseren verdienstvollen Kollegen zu ähneln.«

»Commissario, Sie machen sich über mich lustig.« Marchini entspannte sich. »Was fangen wir hiermit an?«, fragte er und zeigte auf das Paket mit dem Fisch und den Schnecken.

»Das werfen wir in den erstbesten Mülleimer unten auf der Straße.«

»Und wenn es eine Drohung sein soll?«

»Dann rufen wir die Polizei!«

Die Wohnung war bescheiden. Zwei Zimmer, Wohnküche, Bad. Aber sie lag mitten im Zentrum, nur dreißig, vierzig Meter vom Dom entfernt. Commissario Curreli trat als Erster ein: Die Ordnung war beeindruckend. Alles an seinem Platz.

»Wir beginnen mit dem Schlafzimmer«, befahl er Marchini und den zwei uniformierten Beamten.

Ihr einziger Fund bestand jedoch in einem Pornoheft für Homosexuelle, das in der Kommode unter der Unterwäsche versteckt lag.

Das Wohn- und Fernsehzimmer wurde beinah gänzlich von einem mit dicken Wälzern voll gestellten Bücherregal dominiert.

Marchini überflog die Titel: *Geschichte der Inquisition*, das *Buch der geistlichen Übungen* des heiligen Ignatius von Loyola, die

Autobiografie des heiligen Ignatius, die Leben anderer Heiliger, deren Namen er noch nie gehört hatte. »Kannte er auch die heilige Kunigunde?«, fragte er den Commissario, ohne den Blick von dem Bücherregal zu nehmen. Jener überprüfte gerade den Inhalt einer Schreibtischschublade und antwortete nicht. Notizen. Schmierzettel, die er einsammelte und in seine Aktentasche packte.

Aus Küche und Bad war das Rumoren der beiden Beamten zu hören.

Marchinis Schrei ließ den Commissario hochfahren und die Uniformierten aus den anderen Zimmern herbeilaufen. Er hielt ein aufgeschlagenes Buch in den Händen und ließ seine Augen mit merklicher Erregung über die Zeilen fliegen. »Die Waffe«, brachte er schließlich mühsam hervor. »Die Waffe.«

Der Commissario trat zu ihm und riss ihm das Buch aus der Hand.

Linkshänder.

Eine Duellwaffe, die mit der linken Hand geführt wurde, daher der Name. Bestehend aus einer Hauptklinge mit zwei feineren Klingen zu beiden Seiten. Mit ihr wurden die Schläge des Gegners pariert, dessen Schwert man zu arretieren und zerbrechen versuchte. Herstellung vor allem in Spanien, seltener in Italien, bis Ende des 17. Jahrhunderts. Die besondere Schönheit der Waffe liegt in der Gestaltung ihres Griffes in Form eines Segels, das entweder mit Gravur, Edelsteinbesatz oder Treibarbeiten dekoriert ist. Auch die Scheide, in welcher der Degenbrecher aufbewahrt wird, ist äußerst kunstvoll gearbeitet.

Darunter sah man eine farbige Abbildung.

Schmierzettel. Notizen von Ermanno Lovecchio.

Eine Karte vom Friedhof in Fidenza. Weite Gebiete waren mit einem Stift eingekreist.

Fotokopie des Reliquienverzeichnisses der weniger bedeutenden Stücke in der Sakristei des Domes San Donnino. Einige von ihnen durch Unterstreichungen hervorgehoben.

Notizen mit bibliografischen Angaben über die Truppenbewegungen des spanischen Heeres durch das Territorium Parmas auf dem Weg vom Königreich Neapel nach Flandern, um dort den Aufstand von 1580 niederzuschlagen.

Auf einem Zettel in Blockschrift das Wort »Câmara«.

Kontoauszüge von Banken, die auf ein ansehnliches Vermögen schließen ließen.

»Er war Historiker!«, ereiferte sich Dottor De Pisis.

»Ein sehr reicher Historiker«, bemerkte Commissario Curreli.

»Ich verstehe einfach Ihren Widerstand nicht«, schlug der Leiter nun einen versöhnlicheren Tonfall an. »Dieser Fiorilli hatte ein Motiv und die nötige Kraft. Stehen Sie uns nicht länger im Weg, Commissario, sonst fühle ich mich gezwungen, entsprechende Maßnahmen zu ergreifen.« Der versöhnliche Tonfall war aus seiner Stimme verschwunden.

»Zwei Tage«, sagte Giacomo Curreli einfach. »Ich bitte Sie nur, mir noch zwei Tage zu vertrauen.«

»Und was soll ich dem stellvertretenden Staatsanwalt sagen?«

»Sagen Sie ihm, dass wir noch letzte Fragen klären müssen.«

»Curreli, wenn Sie mir Ärger machen, können Sie Ihre Versetzung für dieses Jahr vergessen. Haben wir uns verstanden?«

»Der Gefallen kostet dich doch nichts!«

Ginetti sah ihn mit düsterer Miene an. »Scheiße, Curreli, wenn das auffliegt, bin ich geliefert!«

Commissario Curreli hob resigniert die Arme. »Schon gut, dann eben nicht, trotzdem danke.«

Ginetti vergrub die Hände in den Taschen seines Kittels. »Möcht' mal wissen, wie du da drangekommen bist«, meinte er und senkte den Blick.

»Ich habe es mir ausgeliehen«, erwiderte der Commissario und reichte ihm das Päckchen, das nicht größer als seine Hand war.

»Das habe ich befürchtet. Es ist gestohlen! Du bist in die Kirche gegangen und hast eine Reliquie gestohlen!«

»Erstens habe ich es nicht aus der Kirche, sondern aus der Sakristei.«

»Oh, das ändert natürlich alles. Was genau willst du wissen?«

»Ich will wissen, wie alt es ist. Laut dem Schildchen in dem Glaskasten handelt es sich um das ›Glied des Zeigefingers der rechten Hand. Selige Isabella Salizzoni, 1608‹. Und ich wüsste eben gern, ob es wirklich aus dieser Zeit stammt. Mir ist da so eine Idee gekommen.«

Ginetti seufzte ergeben. »Gib mir den Knochen. Reicht es dir bis morgen früh?«

»Ginge es auch in zwei Stunden ...?«, versuchte es der Commissario in dem Tonfall eines Kindes, dem man nichts abschlagen kann.

»Gazzetta di Parma«

»IM MORDFALL ERMANNO LOVECCHIO FESTGENOMMENER MANN BETEUERT WEITERHIN SEINE UNSCHULD.«

In den kurz vor ihrem Abschluss stehenden Ermittlungen erhärten sich die Verdachtsmomente zu Lasten des zweiundzwanzigjährigen Ermes Fiorilli, der den tödlichen Stoß gegen Ermanno Lovecchio, 64, geführt haben soll, mit dem er ein homosexuelles Verhältnis hatte. Die Ermittler zeigen sich sehr zufrieden über die schnelle Aufklärung dieses wenig erbaulichen Falls ...«

Entweder eine Landstreicherin, eine Exzentrikerin oder eine Verrückte. Ihr Alter war undefinierbar, nicht minder undefinierbar als ihr Äußeres. Aus den löchrigen Handschuhen schauten schmutzige Fingernägel hervor. Auf ihrem Kopf türmte sich ein Berg übereinander gestapelter Mützen.

Die Frau saß stocksteif auf ihrem Stuhl. »Haltet euch fern! Hütet euch vor dem Wind, der Mensch ist wie die Schnecke: eine Seele, die den Leib mit sich trägt, den Panzer, der das weiche Fleisch umschließt ... Du bist der Wächter ...«

Entweder eine Landstreicherin, eine Exzentrikerin oder eine Verrückte. Commissario Curreli brauchte ein paar Sekunden, um sich zu entscheiden. »Marchini!«, unterbrach er mit einem Schrei der Verzweiflung den Sermon der Frau. Marchini rannte so schnell herbei, dass er sich an Currelis Schreibtisch abstützen musste, um rechtzeitig zum Stehen zu kommen. »Begleite diese Verr... diese Frau bitte hinaus. Nimm ihre Personalien auf, ich glaube, das ist die mit dem Paket. Unglaublich, und dann redet man immer von den Barbaren der Barbagia ...«

Die Frau wehrte sich. »Höre die Botschaft! Du bist keine Schnecke! Der normale Mensch ist eine Schnecke, der Astralleib gefangen in der Spirale! Dich wird kein Panzer schützen! Du bist ein Fisch ...«

»Ja, ein verdammt wütender Schwertfisch, bitte, Marchini!«

Marchini musste sich zusammennehmen, um nicht in lautes Gelächter auszubrechen, und versuchte die Frau von dem Stuhl hochzuhieven, auf dem sie wie festgewachsen saß.

»Lasst den Dingen ihren Lauf. Versucht nicht zu entdecken, was im Verborgenen bleiben soll! Überschreitet nicht die Grenzen! Die Seele des Menschen spiegelt sich im Bild des Fisches, der an die Oberfläche steigt, doch kann er auch in die tiefsten Untiefen des Ozeans sinken …«, fuhr die Frau fort. Marchini hatte nicht wenig Mühe, sie aus dem Büro zu drängen.

Ein paar Minuten später kam er schwer atmend wieder herein. »Wer hätte denn geahnt, dass die verrückt ist? Sie sagte, sie hätte eine wichtige Nachricht«, entschuldigte er sich.

»Ja, aber das nächste Mal schauen wir bitte vorher genauer hin«, brummelte der Commissario, der in die vor ihm auf dem Schreibtisch liegenden Akten vertieft war.

Es vergingen ein paar Sekunden, in denen Marchini das Schweigen nicht zu brechen wagte. Schließlich sah Giacomo Curreli von seiner Lektüre auf, weil er sich beobachtet fühlte. »War noch was?«, fragte er.

Marchini holte so tief Luft, dass es durchs ganze Büro hallte. »Ein Mann, ein alter Mann: Er sagt, er habe etwas im Zusammenhang mit dem Küster gesehen … Er wartet draußen …«

Fidenza Online. Radionachrichten.

»Neuste Nachrichten: Überraschung bei den Ermittlungen im Mordfall Ermanno Lovecchio, die vor drei Tagen zur Festnahme des zweiundzwanzigjährigen Ermes Fiorilli geführt hatten.

Der Bauer Giuseppe Saltini, 57, hat sich heute Morgen im Büro von Hauptkommissar Dott. De Pisis gemeldet und für beunruhigende Enthüllungen gesorgt, wie informierte Quellen aus dem Polizeipräsidium berichten. Aus dem dichten Netz größter Zurückhaltung, zu der die gesamte Dienststelle verpflichtet wurde, drangen keine weiteren Hinweise auf diese vielleicht entscheidende Wendung in den Ermittlungen durch … Weitere Neuigkeiten in der nächsten Ausgabe von Fidenza Online News um 13.30 Uhr …«

»Ein Monster, ein … ein Ding mit Schuppen! Können Sie sich das vorstellen? Da geht der ganze Vormittag mit so einem Verrückten drauf!«

Commissario Curreli überflog das Protokoll aus dem Büro des Dottor De Pisis über die freiwillige Aussage Giuseppe Saltinis, 57 Jahre, Direkterzeuger. Fontanellato, den 13. Juni, etc. etc.

»Haben Sie das gelesen?«, fuhr der Leiter keuchend fort. »Der muss doch einen Tick haben, oder?«

»Das klingt so wahnsinnig, dass es schon wieder wahr sein könnte«, meinte der Commissario. »Mich hat man gerade einen ›Fisch‹ genannt …«

De Pisis versuchte einige Sekunden, Sinn in die Aussage zu bringen, dann gab er ermattet auf. »Aber natürlich! Frag den Wasserverkäufer, ob das Wasser frisch ist! Das müssen Sie mir wirklich erklären, denn wenn ich es nicht mit eigenen Ohren höre, glaube ich es nicht.«

Giacomo Curreli ließ sich Zeit mit der Antwort. »Ich sage ja nur, dass eine Überprüfung nichts kostet.«

Der Leiter erhob sich, um einen Plastikbecher zu suchen und sich Kaffee aus seiner Thermoskanne einzuschenken. »Und was sollen wir überprüfen, Curreli? Eine Art Riesenechse von zwei Metern Länge. *Schwarz, glänzend, schuppig*«, las er, nachdem er dem Commissario das Protokoll aus den Händen gerissen hatte,

»mit einem Horn auf der Stirn und glattem Schädel. Hier, sehen Sie nur.« Seine Stimme zitterte vor Fassungslosigkeit, während er mit dem Finger auf den jeweiligen Abschnitt im Protokoll deutete und ihn dann vorlas. *»Sie hat den Körper, in dem ich erst anschließend Ermanno Lovecchio erkannt habe, über die gesamte Länge meines Grundstücks geschleift und ihn dann auf die andere Seite des Fahrwegs in den Graben geschleudert.* Auf die Frage ›Warum sind Sie dem Opfer denn nicht zu Hilfe gekommen?‹ antwortet er nicht.«

Der Commissario hatte Mühe, eine Art Wiehern zu unterdrücken, das ihm in der Kehle saß. »Das glaube ich gern, dass er darauf nicht antwortet«, brachte er stattdessen in halbwegs ernsthaftem Tonfall hervor.

Der Leiter beachtete ihn gar nicht. »Auf die Frage ›Wie viel Zeit verging zwischen dem kriminellen Akt und Ihrem Eingreifen?‹ antwortet er: *Ein paar Minuten.* Auf die Frage ›Wie groß ist Ihr Grundstück?‹ erwidert er: *Zwei Hektar.* Zwei Hektar, stellen Sie sich das mal vor! Innerhalb *weniger Minuten* schleift dieses Wesen ihn über ein Feld von zwei Hektar Größe und schleudert ihn auf die andere Seite des Weges. Aber das ist noch lange nicht alles. Auf die Frage: ›Warum haben Sie nicht sofort eine ordnungsgemäße Anzeige erstattet?‹ sagt er …«

»Aus Angst«, beendete Commissario Curreli für ihn den Satz.

Marchini wartete wie immer im Wagen. Obwohl es erst elf Uhr vormittags war, zog Nebel auf. Giacomo Curreli beugte sich zu ihm herunter, ohne einzusteigen: »Ich lasse dir den Wagen, du musst mir einen Gefallen tun. Du müsstest die Lage eines Bauernhofes in der Nähe überprüfen. Geh zum Katasteramt und lass dir eine Kopie von einem Kartenauszug anfertigen, vom

Grundbesitz eines gewissen … warte, ich schau lieber noch mal nach«, sagte er und blätterte in seinem Notizbuch. »Hier: Giuseppe Saltini. Und lass dir auch Kopien von allen angrenzenden Grundstücken machen.«

»Gibt es was Neues, Commissario?«, fragte Marchini und rutschte auf den Fahrersitz.

»Tu mir einfach den Gefallen, ich erkläre es dir später.«

Er roch es schon auf der Schwelle. Wieder dieser Fischgestank. »Verdammte Drecksdiebin«, fluchte er leise und sah sich suchend nach dem Versteck des neuen »Geschenkes« um. ›Dieses Mal wandert sie in den Knast, verrückt hin oder her‹, dachte Giacomo Curreli eher wütend als überrascht. ›Die lass ich wegsperren.‹ Aber wohin er auch blickte, er fand keine Spur von einem Päckchen mit Fischen und Schnecken. ›Warum nur immer ich …‹

Seufzend trat er ein und machte die Tür hinter sich zu, durchmaß langsam den Flur, als ginge jeder unbedachte Schritt auf Kosten seiner Konzentration: ›Wie zum Teufel ist sie nur hereingekommen?‹, dachte Giacomo Curreli jetzt eher überrascht als wütend. In der Tür zum Wohnzimmer angelangt, konnte er gerade noch einen sich bewegenden Schatten wahrnehmen. Dann nichts mehr.

»Also, gestern den ganzen Tag auf dem Katasteramt wegen der Karten. Völlig ins Blaue hinein gesucht. Ein unglaubliches Durcheinander und Angestellte, die von nichts eine Ahnung haben. Mein Rücken ist ein Wrack. Am Ende kriege ich bei all den Bibliotheken und Archiven noch den Doktortitel«, stöhnte Marchini. Er machte das Licht der Nachttischlampe an und suchte nach Zigaretten. »Aber zum Glück bist du ja jetzt hier. Eine schöne Überraschung«, sagte er zärtlich und tastete ins Leere auf der Suche nach der Haut seiner Freundin. »Den Brief bekommst du eben, wenn du wieder zu Hause bist.«

Gianna legte schützend die Hand vor die Augen. An der Schulter bekam sie schon Gänsehaut vor Kälte. Mit einem Ruck schob sie sich bis ans Kinn unter die Decke. »Was steht denn in dem Brief?«, fragte sie und ihre Stimme verschwand fast in den Laken.

Marchini zog eine Grimasse: »Das zeige ich dir lieber«, sagte er, während er behutsam die Zigarette im Aschenbecher ausdrückte und zu ihr unter die Decke kroch.

»Bist du sicher, dass das nicht gefährlich wird?« Giannas Geist war weniger entspannt als ihr Körper.

Marchini lächelte mit geschlossenen Augen. Er war wieder bei seiner vor einer halben Stunde unterbrochenen Zigarette angelangt. Er ließ sich mit der Antwort ein paar Sekunden Zeit, um in tiefen Zügen und mit gewölbter Brust Rauch ein- und auszuatmen. »Wieso denn gefährlich? Das ist eine Tuntengeschichte, sage ich dir. Deshalb wurde die Hausdurchsuchung in der Wohnung von diesem Fiorilli durchgeführt, um zu sehen, ob er irgendwo die Waffe versteckt hat. So ein komischer antiker Dolch. Nichts, was man einfach wegwerfen würde. Aber ich habe jetzt gar keine Lust, darüber zu reden«, sagte er und fuhr mit dem Daumen leicht über eine ihrer Brustwarzen.

»Noch einmal?«, fragte Gianna scheinbar protestierend.

»Klar, immerhin haben wir uns zwei Monate nicht gesehen …«

Das Telefon klingelte.

Innerhalb einer Nanosekunde hatte Gianna den Hörer abgenommen. Ein paar Augenblicke lauschte sie wortlos. »Dein Chef«, sagte sie dann und reichte den Apparat Marchini.

»Ich lag auf dem Boden.« Commissario Currelis Stimme klang verkatert. »Als ich wieder zu mir kam, sah das Zimmer aus, wie du es hier vor dir siehst.«

Marchini sah sich um: »Scheiße.«

»Das war diese Frau. Ich habe sie zwar kaum gesehen, aber ich bin mir ganz sicher. Sie hat mich niedergeschlagen. Sie war schon in der Wohnung … Entschuldige, dass ich dich so spät noch gestört habe, du hattest Besuch, tut mir Leid.«

»Scheiße«, wiederholte Marchini.

Die Mitte des Zimmers war völlig leer geräumt. In der entstandenen Lücke hatte jemand Sand auf den Boden rieseln lassen in Form einer riesigen Spirale, deren innere Kreise verwischt waren.

»Da drin bin ich wieder zu mir gekommen …«, erklärte der Comissario und zeigte auf das Auge der Spirale. »Vollkommen nackt«, präzisierte er verlegen.

»Diese verfluchte Irre!«, stieß Marchini aus. »Ich werde sie mir vorknöpfen, dass ihr die Lust vergeht …«

»Vergiss es«, bremste ihn Curreli. »Im Kommissariat vor ein paar Tagen hat sie eine falsche Adresse angegeben. Das habe ich sofort überprüft.«

»Sie brauchen einen Kaffee«, entschied Marchini und ging in Richtung Küche.

Der Commissario kam ihm nach und beobachtete, wie er Kaffeepulver in die Espressomaschine füllte. »Wir werden niemandem von dem Vorfall erzählen.«

Marchini zuckte zusammen und der kleine Hügel, den er mit immer mikroskopischeren Zugaben von Kaffee liebevoll aufgehäuft hatte, rutschte in sich zusammen. »Aber Commissario«, meinte er, »so einer muss man doch auf den Fersen bleiben: Das ist eine Irre, die könnte gefährlich sein … Ich würde sie nicht unterschätzen …«

»Wenn sie mich hätte umbringen wollen, hätte sie das getan. Ich weiß nicht, wie lange ich bewusstlos war …« Mit schmerzverzerrter Miene verstummte er und fuhr sich unwillkürlich mit der Hand über die Rippen.

»Sie sind ja verletzt!«, rief Marchini aus und vergaß augenblicklich die Espressomaschine.

Giacomo Curreli deutete ein Lächeln an, um ihn zu beruhigen. »Nicht wirklich«, sagte er und knöpfte sein Hemd auf.

Unterhalb der linken Brust war mit einer Stahlspitze eine Spirale eingeritzt.

»Scheiße«, wiederholte Marchini. »Commissario, wir müssen sofort zur Notaufnahme: eine Infektion … Tetanusimpfung …«

»Deswegen habe ich dich angerufen«, unterbrach ihn Curreli. »Die Spritze liegt auf dem Rand der Wanne, ich habe mir noch nie selbst eine Injektion setzen können.«

»Versuchen Sie sich genau zu erinnern. Sie haben angegeben, sich zwischen Mitternacht und halb eins auf Ihrem Landgut aufgehalten zu haben. Was hatten Sie um diese Uhrzeit zehn Kilometer von Ihrem Haus entfernt zu tun?«

Giuseppe Saltini blickte zu Boden: »Das habe ich doch schon dem Richter gesagt: Ich habe nach Maulwürfen Ausschau gehalten.«

Commissario Curreli kramte aus seiner Tasche die Fotokopie des Kartenauszugs hervor, die Marchini ihm besorgt hatte. »Ist das hier Ihr Gut?«, fragte er und strich das Papier sorgfältig auf dem Tisch glatt.

Der Bauer nickte, ohne den Blick zu heben. Curreli sah ihn erwartungsvoll an, ob er etwas anfügen würde. »Das ist kein Verhör, und wenn ich mir erlaubt habe, zu Ihnen nach Hause zu kommen, dann nur, weil ich Ihre Hilfe benötige.«

»Ich war hier«, sagte der Alte und zeigte mit seinen rauen Fingern auf eine Stelle irgendwo in der Mitte des Guts. »Meine Frau hat gesagt, ich solle lieber nicht zur Polizei gehen!«, fuhr er plötzlich auf.

»Keiner verdächtigt Sie«, beruhigte ihn der Commissario. »Versuchen Sie jetzt bitte, sich ganz genau zu erinnern: Von woher kam das, was Sie als *schuppiges Tier* bezeichnen?«

Giuseppe Saltini ließ sich ein paar Sekunden Zeit, bevor er antwortete: »Von hier«, sagte er dann und zeigte auf einen Punkt am östlichen Rand der Karte.

»Das Monster soll hier aufgetaucht sein, Dottore, zwischen zehn nach zwölf und halb eins. Die Zeitangaben stimmen mit denen des Gerichtsarztes überein. Das Grundstück ist im Besitz der Kirche. Halb verlassen. Ruinen eines antiken Betsaals ohne historischen Wert. Ansonsten alles aufgegeben.«

»Da haben Sie das magische Stichwort ja selbst geliefert: aufgeben. Die zwei Tage sind vorbei. Mit der Riesenechse haben wir für allerhand Erheiterung auf unsere Kosten gesorgt. Lassen wir die Hände von der Kirche, um Gottes willen. Jetzt müssen wir nur noch die Waffe finden, dann sind alle Zweifel über die Täterschaft Fiorillis ausgeräumt. Darin stimmt übrigens auch der zuständige stellvertretende Staatsanwalt vollkommen mit mir überein.«

»Und die Sache auf dem Friedhof?«

Dottor De Pisis zuckte zusammen. »Wissen Sie, was Sie da verlangen? Ich müsste um die Genehmigung zur Öffnung von mindestens zwanzig Gräbern bitten! Und um was zu suchen?«

»Lovecchio war ein Dieb, Dottore, er handelte mit Reliquien.«

Dottor De Pisis' Miene zeigte deutlich, dass er am Ende seiner Geduld war. »Reliquien? Wovon reden Sie da?«

»Hiervon«, sagte Commissario Curreli einfach und reichte ihm die gerichtsmedizinischen Untersuchungsergebnisse des Knochens aus der Sakristei von San Donnino. »Die Laborproben beweisen ohne jeden Zweifel, dass der als Reliquie von 1608 ausgestellte Knochen mit Sicherheit auf nach 1870 datiert.«

Das Papier begann in den zitternden Händen des Leiters zu vibrieren. »Sie haben sich eines Ausstellungsstückes des Domes bemächtigt?«

»Kein Problem«, versuchte der Commissario ihn zu beruhigen, »die falsche Reliquie liegt schon wieder an ihrem Platz. Keiner wird etwas merken.«

»Was sind denn das für Methoden?« Die Stimme überschlug sich und wurde zu Currelis Erheitung ganz fiepsig. »Wir müssen dafür einstehen, für das Recht, müssen es garantieren! Ich … ich lasse Sie suspendieren! Das muss man sich mal vorstellen!«

»Fiorilli ist unschuldig«, bekräftigte Curreli. »Er ist kein Mörder. Und wenn ich den Vatikan einschalten muss, um eine arme Seele vor dem Gefängnis zu bewahren, ich werde es tun, Dottore!«

»Nur mit meiner Erlaubnis, Commissario, ohne die tun sie gar nichts! Im Übrigen haben Sie es ganz allein sich selbst zuzuschreiben, wenn Sie sich Ihre Zukunft durch so unorthodoxe Methoden versauen.«

»Lovecchio hat die echten Reliquien entnommen und mit entsprechenden Stücken ersetzt, die er auf dem Friedhof ausgrub. In seiner Wohnung haben wir eine detaillierte Karte mit allen geschändeten Gräbern gefunden und dazu ein Dokument, das als

Beweis für die Einnahmen aus diesem Handel dienen kann. Das genügt für eine Überprüfung. Wenn wir keinen Ärger mit dem Staatsanwalt bekommen wollen. Man könnte sagen, dass die Analyse uns weitere Gewissheit liefert, sie muss aber nicht notwendigerweise öffentlich bekannt werden.« Der Commissario entzog das Gutachten dem Griff des Leiters. »Wir brauchen die Genehmigung, die auf der Liste des Küsters gekennzeichneten Gräber zu untersuchen, Dottore. Wenn herauskommt, dass wir einen Unschuldigen eingesperrt haben, ohne sämtlichen Spuren nachgegangen zu sein, ist das für alle Beteiligten schlimmer«, schloss er und zerriss das Blatt, um die Schnipsel dann in den Eimer mit Altpapier fallen zu lassen.

Der Leiter verzog müde das Gesicht. »Ich weiß nicht, wie viel Zeit man uns zugestehen wird, aber versuchen können wir es«, sagte er und griff zum Telefonhörer.

»Es sind keineswegs besonders kostbare Reliquien«, las Marchini von seinen Notizen ab. »Sie gehören nicht zu dem Kopf eines Heiligen oder Seligen. Keine Gliedmaßen von Märtyrern. Meistens handelt es sich um einzelne Fingerglieder, Stücke von Kleidern, Nägel, Holzsplitter, Fingernägel. Auch eine Kniescheibe ist darunter. Deshalb werden sie in der Sakristei aufbewahrt. Die anderen, die wertvollen, befinden sich in der Kirche, in Vitrinen. Nach kanonischem Recht dürfen Erstere in Privatbesitz sein und haben einen bestimmten Marktwert. Mit wertvollen Stücken hingegen darf kein Handel getrieben werden, zumindest nicht offiziell.«

Der Commissario hörte ihm schweigend zu. »Irgendwelche Ergebnisse vom Friedhof?«, fragte er, als er sah, dass sein Mitarbeiter den Notizblock zuklappte.

»Wie Sie sagten«, rief Marchini mit einer Spur von Bewunderung aus. »Es fehlen genau die Stücke, die den entwendeten Reliquien entsprechen. Da haben wir in ein Wespennetz gestochen, Commissario, die Kirchenleute haben panische Angst, dass etwas davon an die Öffentlichkeit geraten könnte.«

»Dann werden sie gut daran tun, mit uns zusammenzuarbeiten. Ich möchte alles wissen: Wen traf Lovecchio, mit wem machte er Geschäfte. Du musst sämtliche Antiquare bis Parma überprüfen. Wenn du auch nur eine dieser Reliquien findest, haben wir so gut wie gewonnen.«

Der Sekretär des Bischofs war ein magerer junger Mann in einer Kapuzenkutte. »Monsignore erwartet Sie, Commissario«, sagte er mit ungewöhnlich tiefer Stimme und trat zur Seite, nachdem er die Tür zum Büro des Prälaten geöffnet hatte.

Monsignor Vancini war noch nicht alt. Seine wässrig-blauen, für die Poebene typischen Augen verliehen dem jugendlichen Gesicht einen asketischen Ausdruck. »Bitte setzen Sie sich, Commissario«, sagte er und wies auf einen Stuhl aus geschnitztem Nussbaum. »Entschuldigen Sie, wenn ich nicht aufstehe, aber ich habe Probleme mit meinem Bein.« Curreli bekundete ihm mit einem Kopfschütteln sein vollstes Verständnis.

»Sie wollten mich treffen«, sagte der Bischof nach kurzem Schweigen. Die feingliedrigen, leichenblassen Hände falteten sich vor seinem Mund. »Ich muss Ihnen leider mitteilen, dass ich nicht viel Zeit habe.« Dann wartete er mit der Andeutung eines Lächelns auf den Lippen.

Der Commissario wühlte in seiner Manteltasche. Er zog eine Fotokopie heraus. »Sagt Ihnen das Wort ›câmara‹ etwas?«, fragte er und reichte dem Prälaten das Blatt.

Der Bischof ergriff es und strich ganz leicht über seine poröse Oberfläche. Nun zeigten seine Lippen alle Anzeichen eines leichten Unbehagens. »Das ist kein *Wort*«, erwiderte er endlich. »Es ist ein Nachname. Der Nachname desjenigen Gläubigen, der unter Diktat die Autobiografie des heiligen Ignatius von Loyola aufgeschrieben hat.«

»Wir haben diese Notiz im Schreibtisch von Ermanno Lovecchio gefunden. Den Sie kennen.«

Der Bischof stimmte eilig zu. »Ich bin ihm ein paarmal begegnet. Er war ein Forscher, auf seine Art, vielleicht nicht sehr gebildet, aber sehr zielstrebig.«

»Dann sind Sie wohl auch in der Lage uns zu sagen, welchen ›Forschungen‹ er sich zuletzt gewidmet hat!«

»Nicht in diesem Ton, wenn ich bitten darf«, entgegnete der Bischof mit höflicher Entschiedenheit. »Nach dem, was Sie mir gezeigt haben, war es vielleicht der heilige Ignatius.«

»Aus Ihren Verzeichnissen geht nicht hervor, dass der Dom im Besitz einer Reliquie dieses Heiligen ist.«

»Ist er auch nicht. Commissario, die Kirche hat nicht das Geringste mit dem Schacher zu tun, den Ihre Dienststelle aufgedeckt hat. Ich bin kein Historiker, ich bin ein Seelenhirte, seit wenigen Jahren erst in dieser Diözese. Mein Sekretär kennt sich mit diesen Dingen besser aus. Er steht ganz zu Ihrer Verfügung für jegliche Überprüfung, die Sie vornehmen möchten.« Das war eine Verabschiedung.

Der Commissario klappte die Füße zusammen, als sei eine elektrische Ladung von der unbequemen Stuhlfläche ausgegangen. »Der heilige Ignatius«, murmelte er im Hinausgehen vor sich hin.

Es hatte einer Spezialerlaubnis bedurft, um die Siegel an der Wohnung von Ermanno Lovecchio zu brechen. Giacomo Curreli ging mit sicheren Schritten durch den dunklen Flur in den Raum mit dem Bücherregal. Er fuhr mit dem Finger über die Buchrücken. Den Titel wusste er noch genau: *Ignatius von Loyola. Der Bericht des Pilgers, notiert unter Diktat von Pater Luis Gonçalves de Câmara.* Schon auf den ersten Seiten sah er die Hervorhebungen. Sätze, die mit rotem Stift unterstrichen waren.

Die Sätze:

Als die Kämpfe schon einige Zeit gedauert hatten, traf ein Geschoss sein Bein und brach es entzwei; und da die Kugel auf der Innenseite des Beines wieder austrat, wurde dabei auch das andere Bein schwer beschädigt. [...]

Nachdem er ausgefallen war, ergab sich die Besatzung der Zitadelle alsbald den Franzosen. [...]

Nach zwölf oder fünfzehn Tagen, die er noch in Pamplona verblieb, ließen sie ihn in einer Sänfte in seine Heimat bringen. Dort wurde sein Zustand immer ärger. Deshalb ließ er aus vielen Orten Ärzte und Chirurgen kommen. Sie befanden, man müsse das Bein noch einmal brechen und die Knochen ein zweites Mal zusammenfügen; denn, so erklärten sie, beim ersten Mal seien sie schlecht gerichtet gewesen oder sie hätten sich während des Transportes verschoben, weshalb sie nun nicht in der rechten Lage seien und eine Heilung unmöglich. So begann erneut die »Schlächterei«. [...]

Als nun die Knochen wieder fest miteinander verwachsen waren, blieb unterhalb seines Knies ein Stück über das andere geschoben. Deshalb war dieses Bein kürzer als das andere, und das Knochenstück stand derart heraus, dass es ein gar grauslicher Anblick war. Das konnte er nicht anstehen lassen, [... und so] erkundigte er sich bei den Chirurgen, ob man es nicht entfernen könne. Sie antworteten, es ließe sich schon abschneiden, aber die Schmerzen dabei seien schlimmer als alles, was er bisher durchlitten habe. [...]

Nachdem nun das Fleisch und das überstehende Knochenstück abgeschnitten waren, war man darauf bedacht, verschiedene Mittel anzuwenden, damit das Bein nicht gar so kurz bliebe. Man rieb es mit allerlei Salben ein und streckte das Bein beständig mit Vorrichtungen, die ihn viele Tage lang quälten.

Regionalnachrichten, Emilia Romagna:

»Eine weitere Festnahme im Fall des Küsters, der tot auf der Straße zwischen Fidenza und Fontanellato aufgefunden worden war. Luigi Pedrelli, ein Antiquar aus Reggio Emilia, wurde von der Polizei wegen des Verdachts auf Hehlerei verhaftet. Es scheint gesichert, dass diese Festnahme mit den Ermittlungen im Mordfall Ermanno Lovecchio in Verbindung steht. Aus Polizeikreisen wurden die Neuigkeiten weder bestätigt noch dementiert.

Wegen desselben Verbrechens befindet sich der zweiundzwanzigjährige Ermes Fiorilli im Kreisgefängnis, der homosexuelle Beziehungen zu dem Opfer unterhielt ...«

»Das habe ich doch schon gesagt! Wie oft muss ich es denn noch wiederholen?« Luigi Pedrelli ließ sich mit seinem ganzen Gewicht auf das Tischchen in dem Verhörraum des Kommissariats fallen, die Wange auf die Kunststoffplatte gelegt.

Dottoressa Morigi presste die Lippen aufeinander und versuchte, ruhig zu bleiben: »Dann wussten Sie also, dass Lovecchios Ware gestohlen war?«, fragte sie hartnäckig.

Das Ja des Antiquars war kaum mehr als ein Raunen. Der halbe Tag hinter Gittern hatte jede Spur der langen Sitzungen vor der

Solarlampe aus seinem Gesicht getilgt und eine gelbliche Hautfarbe zurückgelassen. Mit scheinbar übermenschlicher Anstrengung richtete er sich auf und streckte den Rücken durch. »Ja«, wiederholte er mit klarer Stimme und bekräftigte seine Aussage mit einem langsamen Nicken, um dann einen undefinierbaren Punkt vor sich zu fixieren.

»Können wir daraus schließen, dass Sie bereit sind, mit uns zusammenzuarbeiten?«, fragte Dottoressa Morigi drohend.

Der Antiquar schien den Tränen nahe. Dabei fixierte er immer noch das Nichts vor seinen Augen.

»Gut«, schloss die stellvertretende Staatsanwältin. »Dann beginnen wir mit einer Liste der an den Reliquien interessierten Sammler.«

»Ich würde gern eine Frage stellen, wenn Sie erlauben.« Beim Klang von Currelis Stimme schreckte sogar Dottoressa Morigi hoch.

Der Antiquar drehte sich ruckartig um, als bemerke er den Commissario zum ersten Mal.

Aus der zögernden Zustimmung, mit der die Staatsanwältin dem Commissario nachgab, sprach die Unsicherheit ihrer gerade mal dreißig Jahre.

»Ist Ihnen jemals ein Knochensplitter des heiligen Ignatius von Loyola untergekommen?«

Luigi Pedrelli riss die Augen auf: »Soll das ein Witz sein? Ich habe nichts mit der Sache zu tun.«

Dottoressa Morigi verzog überrascht die Lippen.

Der Antiquar erkannte sofort seinen Fehler: »Es gibt diese Legende«, setzte er deshalb eilig an den Commissario gewandt hinzu. »Geschichten, die sich die Leute auf dem Land erzählen. Ich bin Profi, ich verkaufe keinen Schrott.«

»Wie viel wäre ›Schrott‹ wie dieser auf dem Markt wohl wert?«

»Eine ganze Menge. Es wäre eine kostbare Reliquie. Ganz nach dem Geschmack kranker Sammler. Schwierig unterzubringen, aber sehr wertvoll. Hören Sie, Lovecchio schwor, er habe sie gefunden. Er behauptete, sie läge in einem Grab irgendwo in der Gegend von Fidenza. Er behauptete, Beweise zu haben. Aber meines Wissens ist sie nie gefunden worden.«

»Commissario, wenn es Ihnen nichts ausmacht, würde ich nun gerne zu der Liste zurückkehren«, mischte sich Dottoressa Morigi eilig ein, um der nächsten Frage Giacomo Currelis zuvorzukommen.

»Natürlich, die Spanier sind mehrmals durch dieses Gebiet gekommen. Von 1580 an sogar mit einer gewissen Regelmäßigkeit. Ein Teil der spanischen Truppen durchquerte die Gegend auf ihrer Verlegung vom Königreich Neapel nach Flandern. Wir haben mehrere diesbezügliche Belege in unserem Pfarrmuseum.«

»Von 1580 an ...«, wiederholte Marchini, der sich kein Wort des jungen Sekretärs des Bischofs entgehen ließ und alles haarklein in seinen Notizblock schrieb.

»Die Häufigkeit der Verlegungen war direkt proportional zu den Turbulenzen in den Niederlanden«, fuhr der Mönch nach einer kleinen Pause fort, die dem Beamten das Mitschreiben erlaubte. »Ganz ungeachtet dessen, dass zu Zeiten Don Carlos' das gesamte Herzogtum Parma und Piacenza spanisches Territorium war. Doch hier befinden wir uns schon im 17. Jahrhundert.«

»Das gesamte Herzogtum ... 17. Jahrhundert«, wiederholte Marchini wie ein eifriger Schuljunge.

»Einige Rüstungen in unserem Museum weisen jedenfalls darauf hin, dass die wichtigste Truppenbewegung zwischen 1590 und 1597 stattgefunden hat, als Flandern von Philipp II. an seine Tochter Clara Eugenia und ihren Gemahl Albert von Österreich überging. Aber sehen Sie doch selbst«, forderte der Mönch ihn auf, indem er sich erhob und durch einen schmalen Flur ging. Marchini, dem der Klang der letzten Sätze noch im Kopf nachhallte, folgte ihm.

Sie kamen zu einem großen Saal, der voller Schaukästen war. »Diesen Saal haben wir den spanischen Fundstücken aus unserer Gegend gewidmet. Hier gibt es Bourguignotten, ein paar Arkebusen, Rundschilde, den ein oder anderen Dolch.«

»Haben Sie vielleicht auch einen Linkshänder?«, fragte Marchini spontan.

Der Mönch schüttelte den Kopf: »Das ist keine wissenschaftliche Sammlung«, sagte er fast entschuldigend. »Nein, Degenbrecher haben wir keine. Dafür haben wir ein wunderbares Stück, um das uns viele Museen beneiden«, sagte er und trat vor eine sehr große Vitrine. »Eine halbe Rüstung mit dem Stempel der berühmten Mailänder Waffenschmiede Missaglia. Eine spanische Rüstung, die in Italien gefertigt wurde. Mit beweglichen Teilen aus geschliffenem Stahl. Auf Herzhöhe ist der Name des Ritters eingraviert, dem sie gehörte. Hier«, sagte er und trat einen Schritt zur Seite, weil er im Licht stand, »an dieser Stelle liest man ganz deutlich: Caualiero Don Gonzalo de Peralta y Gonçalves de Câmara. Es muss sich dabei zweifellos um einen Nachfahren des Seligen Juan Gonçalves de Câmara handeln, des Biografen des heiligen Ignatius von Loyola.«

»Könnten Sie mir das freundlicherweise aufschreiben?«, fragte Marchini, der nicht mehr nachkam, und reichte ihm Block und

Stift. Der Mönch tat ihm gerne den Gefallen und schrieb den Namen mit großen Buchstaben über die gesamte Breite des Blattes.

»Was bedeuten die Zeichen unter der Inschrift?«, fragte Marchini und wies auf ein paar Striche, die eine Art von Grundriss zu ergeben schienen.

»Man glaubt, es könnte eine Karte sein«, erwiderte der Mönch mit einem kleinen Lächeln. »Aber machen Sie sich keine Hoffnungen, so gut wie sicher handelt es sich dabei um seine Besitztümer in Spanien.«

»Der Name steht klar und deutlich auf dem Brustharnisch«, ereiferte sich Marchini, der sich nicht setzen wollte. »Ich habe ihn mir sogar aufschreiben lassen: *Caualiero Don Gonzalo de Peralta y Gonçalves de Câmara*«, las er mühsam ab.

Commissario Curreli sprang von seinem Stuhl auf: »Marchini, ich könnte dich küssen!«, rief er und riss ihm den Block aus der Hand.

»Ich habe mir die Freiheit genommen«, wagte Marchini, angespornt von der Begeisterung seines Vorgesetzten, »noch einmal in die Bibliothek zurückzukehren, um eine Kopie des Druckes zu machen, anhand dessen sich rekonstruieren lässt, wie diese Rüstung vielleicht aussah.« Er zog ein DIN-A3-Blatt aus seiner Tasche und hielt es so vor sich hin, dass der Commissario mit hineinschauen konnte.

Giacomo Curreli sperrte den Mund auf.

»Denken Sie dasselbe wie ich?«, fragte Marchini grinsend.

»Die Rieseneidechse … Verdammt noch mal!«, flüsterte der Commissario.

Bildunterschrift am unteren Rand des Druckes:

Der Helm ragte mit der ganzen Länge seines spitz zulaufenden Visiers nach vorne. Hinten ging er in einen schuppigen, biegsamen Schweif über, der sich über Hals und Schultern wand. Die ungleichmäßige Armbeuge aus Metallbändern und glänzenden Stiften. Der Brustpanzer aus messingüberzogenen, zum Halbkreis gebogenen Platten. Die Kapsel in Höhe des Herzens. Wenig darunter die Gravur der Sternenschlange. Der Beinharnisch in Form einer ebenfalls geschuppten Kutte, mit Wölbung in Höhe des Schambeins. Der schwarz glänzende Anstrich veränderte sich an den konkav geschwungenen Stellen unter Lichteinwirkung in ein sumpfiges Grün, während die konvexen Innenseiten eine matte, tiefschwarze Färbung annahmen.

Giuseppe Saltini zitterten die Hände: »Genau das ist sie!«, rief er aus und deutete auf die im Druck dargestellte Gestalt, die Marchini ihm zeigte.

Commissario Curreli forderte ihn auf, sich zu beruhigen. Fast glaubte er, ihn mit eigenen Augen erkennen zu können, diesen Krieger im blassen Mondenschein, umfangen von den allgegenwärtigen Dunstschleiern selbst der klarsten Nächte …

De Pisis lachte so lange, bis ihm schlecht wurde. Dann brauchte er einige Minuten, um wieder zu sich zu kommen.

Commissario Curreli wartete geduldig, bis er sich erholt hatte. »Keiner hat von Gespenstern gesprochen«, stellte er klar, als sein Gegenüber wieder aufnahmefähig wirkte. Der Leiter des Kommissariats wischte sich immer noch die Tränen vom Gesicht, die das viele Lachen ihm in die Augen getrieben hatte. »Es handelt sich um einen Verrückten«, fuhr er fort. »Die Kratzer auf der Stirn von Ermanno Lovecchio stammen von einem eisernen Handschuh: von einer rechten Hand. Die Nachprüfungen an der Leiche haben das zweifelsfrei ergeben.«

Dottor De Pisis atmete erleichtert auf. »Auch wenn es Ihnen merkwürdig vorkommt: Die Aussicht auf einen geschichtsbesessenen Mörder beruhigt mich.«

»Jedenfalls muss Ermes Fiorilli sofort freigelassen werden. Die Überprüfung der Antiquare auf der Liste hat nichts ergeben, es handelt sich lediglich um Käufer, von denen keiner am Ort des Verbrechens gewesen sein kann.«

Dottor De Pisis hob fragend die Schultern: »Wollen Sie damit sagen, dass wir wieder ganz von vorn anfangen müssen?«

»Eine Spirale, sagen Sie?« Die Stimme des bischöflichen Sekretärs klang durch das Telefon noch tiefer.

»Eine Spirale, ein Strudel«, erklärte der Commissario, der den Hörer zwischen Kinn und Schulter geklemmt hatte und die Kopien auseinander faltete, die Marchini in den Archiven gefunden hatte.

»Das ist eine sehr merkwürdige Frage ... Nein, dazu fällt mir spontan nichts ein ...«

»Irgendetwas, das mit den Rüstungen im Museum zu tun haben könnte«, versuchte es Giacomo Curreli noch einmal.

»Tut mir Leid, Commissario ... Aber da kann ich Ihnen, glaube ich, wirklich nicht weiterhelfen.«

»Rufen Sie mich sofort an, wenn Ihnen doch noch etwas einfällt.«

»Das werde ich gerne tun, aber ich glaube wirklich nicht, Ihnen in diesem Fall behilflich sein zu können ...«

»Die Sternenschlange!«, schrie der Commissario plötzlich auf und wedelte mit freudiger Miene die Abbildung umher, die Saltini wiedererkannt hatte. Geschrien hatte er aus Sorge, der Sekretär könne schon aufgelegt haben. Ein paar Sekunden vergingen, in denen in der Telefonleitung nur sein aufgeregtes Keuchen zu hören war.

»Das Zeichen der Wächter«, sagte der Mönch.

»Findet man das auch als Spirale dargestellt?«

»Möglicherweise …«, dämpfte der junge Mann die Begeisterung. »Aber ich sehe keine Verbindung.«

Schweigen. »Es gibt keine Verbindung«, beeilte sich der Commissario zu erläutern. »Es war nur so eine Idee von mir. Ich habe da wohl mal was drüber gelesen.«

Lieben. »Emma, mein Schatz! … Ja, freut mich, dass es dir gut geht … Bald, ganz bald … Nein … Wenn ich da bin, werden wir mal ein Wörtchen mit deiner frechen Schwester reden … Gut … Gib mir mal die Mama … Ja, ich hab verstanden … Gib mir jetzt die Mama … Hallo … Alles in Ordnung? … Hm, stopf sie nicht mit Antibiotika voll … Natürlich stecken sie sich in der Schule mit allem Möglichen an … Hast du es gesehen? … Nein, diesmal ohne Interview, ich war nicht rasiert … Das ist mein Chef … Ja ja, der wurde freigelassen … Nein, es gab keine Beweise … Hm … Hm … Also, ich habe den Jungen ja von Anfang an für unschuldig gehalten … das war kein Mord mit sexuellem Hintergrund … Eben … Bald … Ich weiß noch nicht genau … Hör zu, ich muss Schluss machen … Ich bin im Büro … Ich dich auch … Nein, es kann jederzeit ein Kollege hereinkommen … Das weißt du doch … Hm … Ja, ja … Ich rufe dich bald wieder an … Ich dich auch, bis bald … Küsse … Umarme die Mädchen von mir …«

»Ich habe die Waffe nicht erwähnt … Sie haben das Zeichen gefunden … Sie sind uns zuvorgekommen!« Mit wilden Gesten verlieh der Mönch seiner Verteidigungsrede den nötigen Nachdruck.

Monsignor Vancini massierte sich mit Daumen und Zeigefinger die Augenlider. »Ermanno hatte uns gewarnt, dass es riskant sein könnte. Und jetzt, wo sie diesen Jungen wieder freigelassen haben, konzentrieren sie sich vielleicht auf die Verkäufe der Reliquien.«

»Darüber brauchen wir uns keine Sorgen zu machen. Die Kirche war niemals offiziell an dem Handel beteiligt. Wir können uns ruhig weiterhin ›kooperativ‹ zeigen.«

Der Bischof schien einen Moment lang den Mut zu verlieren. »Alle glauben, dass die Kirchen sich selbst finanzieren könnten! Niemand hilft uns und die Spenden reichen gerade mal, um die Stromkosten zu decken …«

»Wir müssen den Knochensplitter des heiligen Ignatius finden, Monsignore, vor allem jetzt, wo Ermannos Geld von der Behörde blockiert ist.«

»Leichter gesagt als getan, lieber Bruder! Ohne den Schlüssel …«

»Wir haben die Karte, Monsignore … Wir werden es mit Gebeten versuchen.«

»Dass das nicht funktioniert, haben wir doch schon festgestellt!«

»Ermanno war einfach nicht hartnäckig genug … Und sie haben einen Wächter erwählt. Es wird nicht lange dauern, bis er es durchschaut. Wir müssen ihm zuvorkommen.«

Wünschen. Nichts passte zusammen. Beim jetzigen Stand der Ermittlungen konnten sie sich vom Mörder Ermanno Lovecchios verabschieden.

»Sternenschlange: Drache aus der Astralströmung. Solange ihr das Leben in Gemeinschaft führt, schläft die Schlange, doch sobald ihr die Grenzen zu überschreiten wagt, wacht sie auf und zischt laut, umschlingt und erdrückt euch. Männer mit Ausdauer und Frauen mit festem Glauben besiegen sie; die Verrückten versuchen es ohne Gewalt und ohne Willen und werden am Ende von ihr verschlungen. Verstehst du, was das soll?«, fragte Commissario Curreli.

»Kein Wort«, meinte Marchini, während er seinen Blick über die Flut von Zetteln gleiten ließ, die das kahle Wohnzimmer des Commissarios überschwemmten.

»Dann wollen wir mal zusammenfassen«, ordnete Curreli an, ohne sich ablenken zu lassen.

»Lovecchio hat geglaubt, eine kostbare Reliquie gefunden zu haben. In dem Gebiet, das auf Blatt B1 gekennzeichnet ist. Wo hab ich das blöde Ding nur hingetan? Ach, hier, B1 … Er wird zwischen 0.10 Uhr und 0.30 Uhr ermordet, die Leiche findet sich in der Zone, die auf Blatt B2 hervorgehoben ist. So weit alles klar? Saltinis Grundstück ist ungefähr vierhundert Meter lang, nach seiner Aussage wurde die Leiche über die ganze Fläche des Gutes geschleppt, ausgehend von Punkt x in dieser Zone«, sagte er und malte einen Kreis an den Rand von Blatt B1.

»Nun zum zweiten Teil: die Waffe.«

»Die Waffe«, wiederholte Marchini, um sich zu konzentrieren. »Ein Linkshänder.«

»Eine Waffe für beidhändige Menschen«, bemerkte der Commissario.

»Oder für Linkshänder!«, rief Marchini aus.

Der Mönch näherte sich dem Mäuerchen aus grob behauenen Steinen. In Zivil erkannte man ihn nicht mehr als Mann des

Glaubens, vielmehr hätte man ihn für einen Archäologen halten können. Mit dem Strahl der Taschenlampe leuchtete er suchend die Umgebung ab. Hin und wieder warf er einen Blick auf die Karte, die er bei sich trug.

Immer darauf bedacht, nicht zu stolpern, trat er ein paar Meter in den geschotterten Halbkreis hinein. Er stand nun in der Mitte eines Kirchenschiffes, das neben ihm nur noch eine Hand voll Wissenschaftler als solches erkannt hätten. Mit festen Schritten ging er zu der Stelle, wo sich die Apsis befunden haben musste. Er wandte sich nach links und zählte im Geiste: eins, zwei, drei.

In diesem Moment ließ ihn die Wucht der Erschütterung zurücktaumeln. Ein kurzer, heftiger Stoß.

Sein erster Gedanke galt einem Flugzeug, das die Schallmauer durchbrochen hatte, doch als er nach oben schaute, musste er mit einigen Schritten sein Gleichgewicht wiederfinden, um nicht zu stürzen. Mit einem Mal begriff er und fing an, Gebete herunterzuleiern, als seien es Kinderreime.

Es pulsierte. Der Erdboden unter ihm pulsierte. Die Angst verzerrte sein Gesicht zu einer zähnefletschenden Maske. Das langsame Bollern unter seinen Füßen veranlasste ihn, die Position zu wechseln und nach festem Stand für die nächste Erschütterung zu suchen. Und die Erschütterung kam. Dumpf wie eine unterirdische Explosion. Die Gebete blieben ihm im Halse stecken, denn er konnte nicht gleichzeitig um Atem ringen und beten.

Mit zitternder Hand leuchtete er auf ein Stück Erde, von dem das Pochen auszugehen schien. Er sah die Zuckungen. Sie waren auf eine dicke Erdscholle beschränkt. Bis ihm klar wurde, dass es sich um eine Grabplatte handelte.

Er war bereits tot, als Gonzalo aus seiner Ruhe erwachte. Ein Wind kam auf. Ein machtvoller Wirbel tauchte die Umgebung in eine dicke, dichte Staubwolke …

Gonzalo entdeckte in geringer Entfernung den Leib des Mönches. Er beugte sich über sein Gesicht. Mit dem weichen Teil des Eisenhandschuhs, der sich an die Handfläche schmiegte, strich er ihm über die Lider, um sie ein für alle Mal vor dem Leben zu schließen. Dann hob er ihn auf, wie es ein Vater mit seinem Kind tun würde, drückte ihn an seine Brust, wo für eine kurze Weile noch sein Herz schlagen würde. Wo hinter der Rüstung die heilige Reliquie ruhte, die ihm anvertraut worden war, unter Einsatz des Lebens, unter Einsatz des Todes.

Gemeinsam verschwanden sie in der Grube.

»Darauf hättest du auch früher kommen können, dass er Linkshänder ist!«, fluchte Commissario Curreli am Steuer des Wagens.

»Das ist mir ganz plötzlich eingefallen, ich hatte da vorher gar nicht drauf geachtet.«

»Verdammt noch mal, und die Kartenskizze auf der Rüstung hast du auch vergessen!«

»Na ja«, entschuldigte sich Marchini. »Er hat so schnell geredet, ich kam gar nicht dazu, sie abzuzeichnen. Das Gesicht von Dottor De Pisis, als wir ihn aus dem Bett geklingelt haben!«, bemerkte er kurze Zeit später.

»Entscheidend ist jedenfalls, dass wir Recht behalten haben!«

»Jetzt können wir nur hoffen, dass der in der Karte auf der Rüstung eingezeichnete Punkt auch der richtige ist, aber die Gegend scheint ja schon mal diejenige von den Landkarten des Katasteramtes zu sein.«

»Sie ist es, sie ist es«, murmelte Commissario Curreli ganz auf den Weg konzentriert. »Wohin jetzt?«, fragte er mit Blick auf die hartnäckig platte Landschaft ringsherum, über der feuchte Nebelschwaden hingen. »Herrje! Diese Straßen sehen alle gleich aus!«, fluchte er und versuchte mit zusammengekniffenen Augen, den Dunst jenseits des Scheinwerferlichts zu durchdringen.

Marchini versuchte sich in den Karten auf seinen Knien zu orientieren. Als er einen Zug im Nacken spürte, kurbelte er schnell das Seitenfenster hoch. »Wir müssen fast da sein. Wenn das die Ruinen der Kirche sind. Scheißort.«

»Dieses Mal erwische ich ihn in flagranti! Fieses Wetter: Jetzt stürmt es auch noch …«, sagte der Commissario.

Über sich sah er einen wirbelnden Kreis aus Licht. Eine wallende Kugel milchiger Materie. Gleich einem Kind riss er die Arme nach vorn, um auf die Hände zu fallen, und wartete auf den Aufprall. Der kam jedoch nicht. Er sah, wie die Erde sich unter ihm schloss. Er sah, wie der Leib des jungen Mönches verschluckt wurde. Er versuchte zu schreien. In Weichheit gebettet, merkte er, dass der Flug nur ein Traum vom Fliegen gewesen war. Er wälzte sich herum, schwarzer Staub wirbelte auf, dann stützte er sich auf die Knie und richtete sich auf. Er versuchte, den Durchgang wieder zu öffnen, doch seine Fingernägel brachen ab. Er konnte das Auto nicht mehr sehen. Kurz dachte er an Marchini, der wer weiß wo gelandet war, als der Wirbel sie fortgerissen hatte, als Karten, Zettel und Akten ins Nichts gesaugt worden waren.

Wieder schlug er um sich, bis ihm klar wurde, dass es keinen Sinn hatte, zu kämpfen. Mit leisem Lachen ließ er sich zurücksinken und spürte, wie kleine Steine auf ihn herabprasselten und ihn im Gesicht verletzten.

Dann bahnten sich Bilder ihren Weg in sein merkwürdiges Delirium: die Frau, die Landstreicherin, die Verrückte, die ihn in den Armen hielt, die Hand auf seinem Mund, damit er keinen Staub schluckte. Ihre Stimme, sanft wie das Wiegenlied einer Amme: *Schweigen, lieben, wünschen, du bist der Wächter, du bist der Schüler und kommst weiter!* Ihre Hand, die mit sicheren Bewegungen die Haut seines Brustkorbs eingeritzt hatte ... Die Wunde begann wieder zu schmerzen.

Eigentlich müsste er beten, dachte er. Wenn das irgendeinen Sinn hätte. Deshalb riss er den Mund auf. Aber seiner Kehle entrang sich nur ein schwaches Gurgeln, wie ein Fisch im Todeskampf. Wie ein vorzeitig ausgetriebener Fötus.

Nun packte die Frau ihn an den Schläfen, um ihn am Boden zu halten, gegen den Willen seines Körpers, der sich auf diesen saugenden Mittelpunkt zuzubewegen schien wie ein Grashalm, der sich dem Mistral widersetzt.

Nun schrie die Frau: »Ihn nicht! Seht das Zeichen!«, und deutete auf die blutende Wunde.

Schweigen trat ein. Die Schwerkraft nahm sich wieder, was der Erde gehörte.

Schweigen trat ein, es pulsierte und lärmte. Wiederum schneeweiß. Weich wie duftende Laken und keuchender Atem.

Schweigen trat ein. Wie die Lippen eines geliebten Menschen, der einen Namen flüstert.

»Giacomo ...!« Commissario Currelis Frau hielt ihr Gesicht wenige Millimeter von seinem entfernt.

»Der Doktor sagt, er darf sich nicht anstrengen ...«, meinte die Krankenschwester und schickte sie hinaus.

Lokalnachrichten:

»Nachdem Polizeikommissar Giacomo Curreli aus dem Koma erwacht ist, haben sich die Ärzte des Bürgerkrankenhauses von Fidenza zuversichtlich im Hinblick auf seine baldige Genesung geäußert. Curreli war, wie wir berichteten, vor etwa zwei Wochen schwer verletzt worden bei einem Erdbeben vierten Grades auf der Mercalli-Skala, dessen Epizentrum sich in der Gegend östlich von Fidenza befand. Die Bilanz des tragischen Ereignisses, das in der Fachwelt als unvorhersehbar gilt, beschränkt sich damit auf ein Opfer: Don Amelio Riepoli, Sekretär von Bischof Monsignor Lamberto Vancini, der zum fraglichen Zeitpunkt gemeinsam mit der Polizei in der Gegend unterwegs war zwecks Ermittlungen in einer Bluttat, die in Zusammenhang mit Reliquienhandel stand und soeben von Commissario Curreli aufgeklärt wurde. Die Kirche von Fidenza hatte ihre volle Unterstützung für die Ermittlungen zugesagt. Stabil ist nach Auskunft der Ärzte auch der Gesundheitszustand des Polizeibeamten Tiberio Marchini. Er wurde nahebei in den Trümmern des Dienstwagens gefunden, der sich mehrfach überschlagen hatte: Er hat einen Armbruch davongetragen und wird voraussichtlich in vierzig Tagen vollständig geheilt sein.«

Der Flug nach Olbia hatte zwei Stunden Verspätung, meine Frau drückte mir den Arm. Sie war im Recht, wie immer.

»Dann haben wir noch mehr Zeit zusammen«, sagte sie.

Deshalb hatte sie mir den Arm gedrückt, um zu verhindern, dass ich in die Proteste der anderen über die Verzögerung einfiel: Das ist ein Skandal, nicht ein Mal kann man pünktlich abfliegen …

Leider ist es eine Tatsache, dass ich Spannungen nur schlecht ertrage, was komisch ist angesichts meines Berufes. Vielleicht liegt es ganz einfach daran, dass ich der Frau, die ich geheiratet habe, immer unterlegen war. Und die Eile, mit der ich ihre Abreise erwartete, verursachte mir Schuldgefühle. Dann haben wir zwei Stunden länger zusammen. Zwei Stunden, das ist ein Leben.

»Gehen wir in die Bar?«, fragte ich.

Meine Frau legte mir den Arm um die Hüfte: »Nein«, sagte sie, »wir bleiben einfach hier, wir müssen nichts tun.«

Am Ende der Halle fanden wir einen Platz, wir ließen uns nebeneinander in den Sesseln des Wartesaals nieder und blickten nach vorn, als warteten wir auf einen Film, der niemals anfangen würde. Um uns herum ertönten gedämpfte Laute wie in einer Kirche oder einem chinesischen Restaurant.

»Soll ich dir eine Zeitschrift für die Reise besorgen?«, fragte ich irgendwann.

»Ich möchte, dass du hier bleibst«, sagte meine Frau mit nachdrücklicher Sanftheit. »Findest du es so unangenehm, mit mir zusammen zu sein?«, traf sie mich dann ganz unerwartet.

Vor lauter Nervosität begann ich zu lachen.

»Es scheint ja fast, als könntest du es kaum erwarten, dass ich abreise«, stellte sie fest.

Wie macht sie das nur, frage ich mich immer in solchen Momenten, wie zum Teufel macht sie das, meine Gedanken zu lesen? »Das ist es nicht«, versuchte ich mich zu rechtfertigen, »du kennst mich doch: Gerade weil ich nicht will, dass du abreist, kann ich es kaum erwarten.« Genau das waren meine Worte, dann packte mich ein Gedanke: Herrgott, wie schrecklich, lieber reise ich selbst ab, da bin ich wenigstens sicher, dass ich es ertrage, aber du, meine Liebste, du ganz allein, ich weiß nicht … ich weiß nicht …

»Ich und die Mädchen, wir schaffen das schon, denk du an dich selbst«, sagte sie zu mir.

Ich drückte so fest ihre Hand, dass ich sah, wie das Blut aus ihren Fingern wich. Ich spürte einen solchen Schmerz, dass ich am liebsten davongerannt wäre.

»Der Gefrierschrank ist voll, du brauchst also nicht wie sonst nur Mist zu essen. Und pass auf dich auf«, wiederholte sie.

»Du hättest nicht so viel vorkochen müssen, du weißt doch, dass ich nur noch kurz in Fidenza bin.«

»Und Marchini?«, fragte sie.

»Marchini kommt mit nach Parma.«

»Das ist gut«, lächelte meine Frau, »das ist sehr gut …«

Parma

Zu viel Liebe

Zuerst sahen sie den Zettel. Ein heller Fleck im Halbdunkel:

ICH HABE NOCH ZU VIEL LEBEN VOR MIR, ICH KANN DAS NICHT MEHR, ICH WEISS, DU WIRST MIR VERZEIHEN! E.

»Ich versteh kein Wort!«, brummte Marchini und trat ans Fenster, nachdem er die Zentrale benachrichtigt hatte. Das Zimmer ging auf die verkehrsreichste Straße der Stadt hinaus. »Hoffentlich sind sie bald hier«, meinte er, als er feststellte, dass die Fenster sich nicht öffnen ließen.

Der Commissario verharrte noch ein paar Sekunden in seinem Tagtraum, der den unaufhörlichen Motorenlärm der Autos in die Brandung des Meeres verwandelte. Wenn sein Assistent ihm nur ein wenig mehr Zeit gegönnt hätte, da war er ganz sicher, hätte er auch den leichten Gestank, der sich allmählich im Zimmer ausbreitete, in den herben Duft von Salz, Algen und Myrte verwandeln können ... »Fassen wir also zusammen«, begann er und lehnte sich an die Wand neben der Tür, um seine Rückenschmerzen zu lindern. Doch seine Augen wanderten nach rechts, wo ein Sessel ihm die Ruhe der Seligen versprach. Dann dachte er an mögliche Spuren und die »Bloßnichtsanfassen«-Regel. »Eine Frau um die vierzig …«

»Elsa Merisi!«, ergänzte Marchini.

»Elsa Merisi wird erhängt an einem Baum im Hofgarten von Colorno aufgefunden. Sie ist ihrem Mann, Emanuele Cannone, und seiner Geliebten …«

»Edvige Serpieri!«

»… Edvige Serpieri, gefolgt«, nickte der Commissario. »Der Mann und seine Geliebte haben sich in die Büsche geschlagen; die Frau nimmt ein Seil aus dem Kofferraum seines Wagens, den er in der Nähe des Liebesnestes abgestellt hat, und hängt sich an Ort und Stelle auf, so dass der Mann und die Frau sie auf ihrem Rückweg finden müssen.«

(»Die Aussagen stimmen bis ins kleinste Detail überein …«)

»Die Aussagen Emanuele Cannones und Edvige Serpieris stimmen haargenau überein. Verdächtig genau … Diesem Umstand hätten wir mehr Beachtung schenken müssen.« Eine gewisse Unentschlossenheit trübte Commissario Currelis Stimme.

Marchini sah immer noch aus dem Fenster, ebenfalls darum bemüht, nichts anzufassen, und spürte die Worte des Vorgesetzten auf seinen Nacken prallen. »Na ja, im Nachhinein ist natürlich klar, dass sie ihre Rollen einstudiert haben, um etwas zu verbergen«, sagte er und folgte mit unablässigem Blick den Autos, die unten auf der Straße vorbeifuhren. »Das bedeutet es doch, oder?«

»Sie haben ihre Rollen einstudiert«, bestätigte der Commissario mit solchem Nachdruck, dass Marchini sich erstaunt umdrehte. »Aber das bedeutet wiederum gar nichts, außer vielleicht, dass ihre Ménage weit weniger akzeptiert war, als sie uns glauben machen wollten«, schloss der Commissario.

»Das bedeutet, dass die Frau die außereheliche Beziehung ihres Mannes nicht so gelassen hinnahm?«

»So etwas in der Art. Du hast es doch selbst gesehen: braun gebrannt, gepflegt, massiert und trainiert, wie es sich gehört. Ein junger Mann von vierundvierzig Jahren.«

Dieses spontane Charakterbild ließ Marchini schmunzeln. »Höre ich da eine Spur von Neid aus der Beschreibung heraus?«, meinte er neckend und drehte sich zum Commissario hin, um seine Reaktion zu testen.

»Neid?«, wunderte sich Curreli und starrte eine Weile vor sich hin. »Ich habe nicht einmal Zeit, mich zu rasieren, ganz zu schweigen von stundenlangem Krafttraining«, sagte er mit gesenktem Blick und führte seine Hand unwillkürlich in Magenhöhe, wo sich ein kleiner Bauch abzuzeichnen begann. »Davon abgesehen hatten wir anfangs nur eine Aussage, nämlich die von Emanuele Cannone, dass seine Frau sich nicht viel aus seinen Eskapaden machte.«

(»Meine Frau wusste über alles Bescheid, ich war immer sehr ehrlich zu ihr. Aus unserer Ehe war mittlerweile eine innige Freundschaft geworden.«

»Dann ist sie Ihnen also deswegen auch auf Ihren romantischen Ausflug gefolgt?«

»Bei Ihnen klingt das, als handele es sich um etwas Schmutziges«, protestierte der Mann. »Ich weiß nicht, warum sie uns gefolgt ist. Das war eigentlich nicht ihre Art.«

»Vielleicht hatte sie es satt, die innige Freundin zu spielen.«

»Meinen Sie, ich wüsste nicht, worauf Sie hinauswollen?«, platzte der Mann heraus. »Ich weiß, was Sie von mir hören wollen! Aber die Antwort ist nein. Ich wusste nicht, dass sie uns folgte. Ich wusste nicht einmal, dass sie an diesem Nachmittag in Colorno war. Sie hatte auf keine

Weise angedeutet, dass ihr etwas nicht passte. Und sie war über mein Verhältnis mit der Zwanzigjährigen durchaus unterrichtet!« Er sah sich suchend nach einem Aschenbecher um, in den er die Asche seiner Zigarette schnippen konnte.

»Neunzehnjährigen«, korrigierte ihn Marchini gleichgültig und reichte ihm eine Espressotasse voller Zigarettenstummel.)

»Ja klar, die Tote konnte sich ja nicht mehr dazu äußern«, ereiferte sich Marchini.

»Eben.« Commissario Curreli schloss die Augen, als wollte er schlafen. Doch in Wirklichkeit ging es ihm darum, nichts sehen zu müssen.

»Und weiter?«

»Weiter ist es möglich, dass unser Liebespaar angesichts der Gefahr, sich zu verraten, gewohnt war, alles minutiös zu planen. Das machen viele so.«

»Ich hatte nicht von Anfang an Zweifel an dem Selbstmord. Vielleicht war sie depressiv. Vielleicht spielte sie ihrem Mann nur vor, dass ihr die Entwicklung ihrer Ehe nichts ausmachte«, spekulierte Marchini.

»Das war die wahrscheinlichste Hypothese«, überlegte der Commissario. »Aber so ganz überzeugt war ich dennoch nicht. Ist es denn möglich, dass ein Mann nicht bemerkt, dass seine Frau am Rande eines Selbstmordes steht?«

»Tja, so läuft es zumindest in den meisten Fällen. Zu oft im Fitnessstudio und zu selten zu Hause. Sie wollte ihn bestrafen. Vielleicht hatte sie bemerkt, dass die Beziehung zwischen ihrem Mann und dem Mädchen allmählich ernster wurde. Dass es sich nicht nur um einen gewöhnlichen Seitensprung handelte. Vielleicht hat sie gute Miene zum bösen Spiel gemacht; sie hat ihn beruhigt, ihm versichert, dass sie Verständnis habe, aber in Wirklichkeit litt sie unter der Situation und brütete über einem Racheplan.«

»Und er war natürlich viel zu sehr mit dem Mädchen beschäftigt, um etwas zu bemerken …«

»Bis die Merisi ihnen schließlich an jenem Nachmittag in den Park folgt, auf den Kofferraum vom Wagen ihres Mannes steigt und sich am Ast eines Baumes erhängt.«

»Aus Rache, meinst du?«

»Aus Rache.«

Der Commissario dachte eine Weile schweigend nach. »Klingt alles sehr logisch und dennoch bin ich mir nicht mehr sicher. Ich war nie wirklich von der Aussage des Ehemanns überzeugt: Dafür betonte er mir zu oft, dass seine Frau von der außerehelichen Beziehung wusste und dass er selbst es gewesen war, der sie darüber informiert hatte.«

(»Wir haben keine Kinder, sie wollte keine.« Emanuele Cannone streckte die Beine aus und massierte sich mit den Handflächen die Knie, um seinen Kreislauf in Schwung zu bringen. »Darf ich hier rauchen?«, fragte er, als er sah, dass Tiberio Marchini mit einer erloschenen Zigarette im Mundwinkel seine Notizen durchblätterte.

Marchini sah auf und blickte den Mann fest an: »Dann gehörte Ihre Ehe nicht zu der Sorte, die man als … gelungen bezeichnen würde?«

Der Mann interpretierte die Frage als Erlaubnis. Er zündete sich eine Zigarette an und nahm gierig einen tiefen Zug, bevor er antwortete: »Das hängt ganz davon ab, was Sie unter einer gelungenen Ehe verstehen«, sagte er vorsichtig.

»Die Vereinigung von Mann und Frau, die sich selbst genug sind«, erwiderte Marchini voller Stolz auf diese persönliche Definition.

»Sie spielen auf meine Geschichte mit Edvige an?«, fragte der Mann zögernd.

»Genau darauf«, sagte Marchini drohend.)

»Das stimmt, das war ihm wirklich wichtig. Er wollte den Eindruck eines korrekten und reifen Menschen machen, vielleicht hatte er mehr Angst vor der Lächerlichkeit als vor dem Verdacht, er könne seine Frau durch sein Verhalten in den Selbstmord getrieben haben.« Während Marchini seine Theorie ausbreitete, hielt er sich möglichst beiläufig schützend die Hand auf die Nase. »Immerhin war er doppelt so alt wie das Mädchen ... Was mich aber wirklich stutzig macht, ist, dass er selbst die Autopsie seiner Frau verlangt hat. Es gab keine Hinweise auf einen Mordfall, bis wir die Autopsieergebnisse vorliegen hatten. Also ehrlich, einer, der seine eigene Frau umgebracht hat, der den perfekten Mord begangen hat, wird sich doch kaum alles verderben, indem er die Ermittler dazu zwingt, die Leiche zu untersuchen, finden Sie nicht?«

(»Ich möchte ebenso Klarheit wie Sie, Commissario. Meine Frau war nicht der Typ für einen Suizid, das glaube ich einfach nicht, das werde ich nie glauben! Sie hatte eine Arbeit, die ihr Spaß machte, sie war mit sich und ihrem Leben zufrieden. Und, sowenig Sie alle das auch glauben mögen, sie hatte einen Mann, der sie liebte.«)

»Das war ein besonders schlauer Zug«, stellte der Commissario fest. »Es war die einzige Möglichkeit für ihn, wirklich unbeteiligt dazustehen. Er hatte keine Ahnung von den Beruhigungsmitteln und ging deshalb kein Risiko ein.«

»Ich weiß nicht ... Aber vielleicht haben Sie Recht: Von den Beruhigungsmitteln hatte er wirklich keine Ahnung oder er war ein oscarwürdiger Schauspieler ... Erinnern Sie sich noch an das Gesicht, das er zog, als wir ihm die Autopsieergebnisse mitgeteilt haben?«

(Emanuele Cannones Miene war wie versteinert. »Schlafmittel? Meine Frau nahm keine Schlafmittel. Sie war ein positiv denkender Mensch. Sie

hatte einen Job, in dem sie ganz und gar aufging. Ich versichere Ihnen, dass sie nicht zu Hause saß und sich wegen meiner … ›Geschichten‹ quälte. Nein, sie war bestimmt keine, die den Kopf verlor.«

»Ihre Frau war die Inhaberin der Firma, bei der Sie arbeiten?«, fragte der Commissario geradeheraus.

Der Mann guckte erstaunt. »Was hat denn das damit zu tun?«, fragte er und seine Unterlippe begann leicht zu zucken. »Ich kann mir vorstellen, was Sie denken … Sie denken, ich hatte ein Motiv und die Gelegenheit, sie umzubringen und es wie einen Selbstmord aussehen zu lassen. Ist es das, was Sie denken?«

»Meine Gedanken hatten noch keine deutliche Form angenommen, aber jetzt wo Sie es so formulieren, halte ich es durchaus für wahrscheinlich. Im Übrigen bleibt es eine Vermutung, solange wir keine Beweise haben. Halten Sie sich zu unserer Verfügung. Im Moment wäre das alles …«)

»Sah fast so aus, als sei er über jeden Verdacht erhaben«, fand Marchini. »So wie er darauf bestand, dass die Frau keine Beruhigungsmittel nahm … Wenn er schlau gewesen wäre, hätte er sauber aus der Sache herauskommen können …«

»Vielleicht wollte er gerade nicht schlau wirken: Damit hat er mich drangekriegt.«

»Er hätte sagen können, dass die Frau chronisch depressiv war. Dass sie schon einen Selbstmordversuch hinter sich hatte … Wie sich ja dann auch herausstellte.«

»Die Zugehfrau«, erinnerte sich der Commissario.

(»Ja …«

»Könnten Sie da bitte etwas genauer werden«, forderte Commissario Curreli sie auf.

Die farbige Frau sah ihn an und ließ ganz leicht die schwarzen Pupillen auf dem elfenbeinfarbenen Hintergrund rollen. »Ja, die Signora hatte die Angewohnheit, Schlafmittel zu nehmen. Vor allem in letzter Zeit. Dottor Sarmenti musste ihr letzten Monat dreimal zu Hilfe eilen. Er war sicher, dass sie versuchte, sich umzubringen …«)

»Tatsache ist, dass Emanuele Cannone uns beileibe nichts vorgespielt hat. Er wusste schlicht und einfach nichts von den Beruhigungsmitteln. Weil keiner ihm davon erzählt hatte: weder das Hausmädchen noch der Arzt und schon gar nicht seine Frau. Das war ein Element, das er nicht hatte vorhersehen können und das sich seiner Kontrolle entzog. Von diesem Punkt an kam er da nicht mehr sauber raus, wie du sagst. Die Autopsie ergab glasklar, dass die Merisi eine Betäubungsdosis Valium genommen hatte. Und dass sie sich nicht im Schlaf selbst erhängen konnte. Jemand hatte sie an den Baum gehängt. Der Selbstmord war zu einem Mord geworden. Aber nicht, wie er es geplant hatte.«

Marchini blickte ihn fragend an. »Ich versteh kein Wort«, erwiderte er einmal mehr.

»Es ist alles eine Frage der Schuldgefühle, weißt du? Jemand fühlt sich verantwortlich für den Tod eines anderen, so dass er immer mehr zu der Überzeugung kommt, wirklich daran schuld zu sein.«

(»Ich kann nicht behaupten, dass die Zeit vor dem … Tod meiner Frau leicht für mich gewesen wäre.« Emanuele Cannone hielt beim Sprechen den Kopf gesenkt, während er mit dem Zeigefinger die Nagelhaut seines Daumens bearbeitete. »Mir ging es nicht gut, als ich auf Geschäftsreise war. Vor zwei Wochen habe ich mich einer ärztlichen Untersuchung unterzogen. Aber das ist hier nicht von Interesse. Unsere Beziehung? Die war wie immer, nur dass wir uns letzten Monat wenig gesehen haben. Vielleicht, wenn ich mit ihr hätte reden können, sie einfach öfter gesehen hätte …« Er begann zu schluchzen.)

»Er war labil. Erschöpft. Und allein der Gedanke an das Mädchen vermochte ihn ein wenig aufzuheitern.«

(»Sie, sie allein schenkt mir neues Leben, nur durch sie kann ich weitermachen.«)

»Ich habe mich von all diesen Dingen in die Irre führen lassen.« Der Stimme des Commissarios war eindeutig Reue zu entnehmen. »Ich wusste nicht, ob ich ihm trauen konnte oder nicht. Ich spürte, dass in den Worten dieses Mannes ein Hilferuf lag. Die Fakten mussten noch einmal in aller Ruhe ausgewertet werden. Vor allem, als Emanuele Cannone begann, viele seiner anfänglichen Aussagen zu korrigieren.«

(»Auf diese Art geraten Sie in ernste Schwierigkeiten«, sagte Commissario Curreli und beschrieb einen halben Bogen um seinen Sessel. »Verstehen Sie das? Was soll ich denn jetzt denken? Dass Sie plötzlich Ihre Meinung geändert haben? Bis vor ein paar Tagen erschien Ihnen ein Selbstmord so unwahrscheinlich, dass Sie eine Autopsie verlangten, und nun wollen Sie mir plötzlich erzählen, Sie hätten gar keinen Zweifel daran, dass Ihre Frau sich das Leben genommen hat. Ich muss Sie darüber aufklären, dass wir weiter ermitteln werden und dass es noch einige Ungereimtheiten in dieser Angelegenheit gibt.«)

»Wir hätten den Kleinigkeiten mehr Beachtung schenken müssen. Dem Umstand zum Beispiel, dass der Bericht des Gerichtsmediziners den größten Teil der Barbiturate im Magen der Merisi als ›unverdaut‹ eingestuft hatte.«

»Ebenso wie der Aussage des Hausarztes«, ergänzte Marchini.

(»Massive Dosen, aber niemals tödlich. Das kann ich bestätigen: Im Februar wurde ich dreimal dorthin gerufen.«

»Haben Sie mit dem Ehemann darüber gesprochen?« Marchini las die Frage von seinem Notizblock ab. Er wirkte wie ein Kellner, der eine Bestellung aufnahm.

Dottor Sarmentis Antwort ließ eine Weile auf sich warten. »Nein«, sagte er dann endlich. »Ich habe es, ehrlich gesagt, versucht, obwohl mich die Patientin ausdrücklich gebeten hatte, es nicht zu tun, aber er war den ganzen Monat nicht zu erreichen: Geschäftsreise.«

»Wie lief das genau ab? Wer rief Sie an?«

Der Dottore hob die Schultern. »Normalerweise rief mich die Zugehfrau an. Die … Signora würde ohnmächtig, kippe um …«)

»Und dieser merkwürdige Satz der Putzfrau …« Die Erinnerung daran schien Commissario Curreli noch im Gedächtnis zu brennen.

(»Ich glaube, dass sie gegen den Schlaf ankämpfte. Ich glaube, sie merkte, dass sie es übertrieben hatte mit den Beruhigungsmitteln«, fuhr die farbige Frau mit zitternder Stimme fort. »Sie machte komische Dinge. Einmal sah ich sie wie in Trance durchs Wohnzimmer laufen. Sie versuchte, ihren Morgenmantel auszuziehen. Sie hatte gerade den Gürtel in der Hand, als sie das Bewusstsein verlor. Ein anderes Mal bemühte sie sich schwankend auf den Tisch zu steigen, aber ohne Erfolg.«

»Dann riefen Sie den Arzt …«, versuchte Commissario Curreli zum Ende zu kommen.

»Ich hatte Angst, dass es schon zu spät sei … Und die Signora beschwerte sich danach jedes Mal und wurde wütend, weil ich den Dottore gestört hatte …«)

»Sie probierte die Mittel aus, verstehst du? Der Arzt hatte es gesagt.« Die Stimme des Commissarios wurde allmählich energischer.

(»Ich würde das nicht so sehen! Es handelte sich keineswegs um tödliche Dosen. Höchstens um großzügige Dosierungen. Ich forderte sie auf, sich behandeln zu lassen. Aber sie lehnte das strikt ab. Ich sagte ihr, dass ich ihr unter diesen Umständen nicht helfen könne. Dass ein versuchter Selbstmord angezeigt werden müsse. Dass sie einen Psychologen brauche.«

»Und sie, das Opfer, meine ich?« Marchini hing gespannt an den Lippen des Arztes.

Dottor Sarmenti stieß ein etwas gezwungenes Lachen aus, das eine Reihe strahlend weißer Zähne freilegte. »Sie bestand darauf, dass es ein Versehen war, dass sie nicht die geringste Absicht habe, sich umzubringen, sondern es nur mit den Beruhigungsmitteln übertrieben habe.«)

»Sie hatte Angst, die Beruhigungsmittel zu hoch zu dosieren, um noch die nötige Kraft für ihr Vorhaben aufzubringen: sich aufzuhängen.« Der Commissario bekam allmählich eine klarere Vorstellung von dem Fall.

»Darauf konnte man aber nicht so leicht kommen! Sie hätte sich auch erschießen oder aus dem Fenster stürzen können, dafür hätte sie weniger Energie benötigt, trotz der Beruhigungsmittel«, tröstete sich Marchini.

»Nein! Das konnte sie eben nicht! Denn sie konnte kein Blut sehen!«

(Dottor Sarmenti räusperte sich: »Eine richtiggehende Phobie, bei Blutabnahmen wurde sie ohnmächtig …«)

»Und im ganzen Haus haben wir nicht die Spur einer Waffe gefunden.«

Marchini sah zu Boden. »Sie konnte kein Blut sehen …«, murmelte er vor sich hin. »Natürlich ist das komisch, ein Selbstmord, der wie ein Mord aussieht, aber letztlich doch ein Selbstmord ist«, fasste Marchini zusammen. »Aber Sie, Commissario, haben doch nie so ganz an den Mord geglaubt, trotz des Ehemanns …«

(»Ich bin stinksauer! Verstanden?«, schrie Commissario Curreli.

Marchini zuckte nur mit den Schultern, als sei das ein unabänderlicher Zustand: »Aber nun sind die Beweise ja ans Tageslicht gekommen …«, wagte er einzuwenden.

Der Commissario schoss nach vorne, so dass sein Assistent unwillkürlich zurückwich, wie um einem Faustschlag auszuweichen. »Wenn ein Kind die Beweise aufgestellt hätte, einen nach dem anderen, wäre es schlauer gewesen als wir, das kann ich dir sagen. Die Frau hängt sich also an einem Seil mit roten Farbflecken auf. Ergebnis: Im Kofferraum vom Auto ihres Mannes finden sich dieselben Farbspuren. Weiter. Sie könnte die Ersatzschlüssel des Wagens genommen und das Abschleppseil im Kofferraum benutzt haben.«

»Ja, aber die Ersatzschlüssel waren an ihrem üblichen Ort, in der Kommodenschublade, genau wie ihr Mann es angegeben hatte.«

»Eben: Sie lagen an Ort und Stelle! Wenn er den Selbstmord inszeniert hätte, hätte er ihr die Schlüssel mitgegeben, in ihre Tasche gesteckt, in die Hand gelegt, ins Gras neben sie oder irgendwo in die Umgebung, diese verfluchten Schlüssel, meinst du nicht? Ansonsten wäre es nur logisch gewesen, anzunehmen, dass die Frau ihren Mann gebeten hatte, den Kofferraum zu öffnen, um das Seil herauszuholen.«

Marchini lachte auf. »Entschuldige, mein Lieber, würde es dir etwas ausmachen, mir den Autoschlüssel zu geben, ich bräuchte nämlich dein Abschleppseil, um mich aufzuhängen«, sagte er in schlechtem Falsett. »Lächerlich!«, schloss er dann mit normaler Stimme.

»Vielleicht gab es noch einen dritten Autoschlüssel«, überlegte Commissario Curreli.

»Vielleicht hat ihn nur niemand gesucht …«)

»Natürlich hatte ich Zweifel. Hauptsächlich, weil mir das alles zu verrückt vorkam, zu übertrieben! Wie viel Zeit haben wir mit der Suche nach diesem Schlüssel verloren. Mit dem Versuch, etwas Logik in diese wahnwitzige Angelegenheit zu bringen. Der Ausgangsfehler war die Annahme, der Ehemann habe einen Mord wie einen Selbstmord aussehen lassen wollen. Genau das Gegenteil war der Fall. Gehen wir das Ganze mal in Ruhe durch. Welche Beweise hatten wir, dass das Mädchen, diese Serpieri, an jenem Nachmittag in Colorno war?«

»Keinen«, musste Marchini zugeben.

»Keinen«, bestätigte Commissario Curreli. »Keine lebende Seele hatte die beiden zusammen gesehen. Dabei war der Park an diesem Nachmittag voller Menschen. Stattdessen haben drei Leute bezeugt, dass Emanuele Cannone in der Bar telefoniert hat, dann mindestens zwanzig Minuten dort wartete und dabei einen Cognac und einen Kaffee konsumierte. Dieselben Zeugen sahen ihn eine Viertelstunde später ein zweites Telefongespräch führen. Wo war die ganze Zeit über das Mädchen?«

»Das haben wir ihn dann ja auch gefragt …« Marchini hob hilflos die Arme.

»Sieh mal, wir sind davon ausgegangen, dass die Serpieri an diesem Nachmittag im Park war. Jetzt ist alles klar: Emanuele Cannone rief seine Frau an.«

»Alles ist klar?«, wunderte sich Marchini.

»Natürlich, erinnerst du dich nicht mehr an den Bon, den wir am Ort des Selbstmords fanden?«

(Die Stelle war nicht sehr abseits gelegen, aber wenig frequentiert. Das Auto hatte ein paar Stunden dort geparkt. Eben die Zeit, die das heimliche Paar für seine zärtlichen Bedürfnisse brauchte, für die es sich ins schützende Gebüsch zurückgezogen hatte.

»Hier stand der Wagen«, sagte Marchini und beschrieb mit großen Schritten einen Halbkreis um die Stelle. Dann blieb er dort stehen, wo sich grob geschätzt die Vorderachse der Limousine befunden haben musste, und sah hinauf zum Ast des großen Baumes, an dem die Leiche der Frau befestigt gewesen war. »Wenn sie die Schlüssel in der Hand gehalten hätte, hätten sie durch den Ruck des Seils und die folgende Kontraktion herunterfallen müssen, irgendwo hier im Umkreis«, sagte er und ging in die Knie, um einen imaginären Ring auf den Grund zu zeichnen.

Commissario Curreli trat hinzu und suchte mit dem Blick den Boden ab, dann beugte er unter Stöhnen den Oberkörper zur Erde. »Verdammte Feuchtigkeit«, fluchte er, während er jeden Quadratzentimeter Rasen unter sich absuchte. »Mir tun alle Knochen weh.«

Marchini hatte als Erster Erfolg. Am Rande des Gebietes, das er abgegangen war, hob er einen Schnipsel rosafarbenen Papiers auf.

»Das sieht aus wie der Kassenbon eines Restaurants«, tippte Marchini. »Ein Stück von der Adresse ist noch zu erkennen: Viale Ro…, die ersten zwei Buchstaben einer Stadt: Fi… Das muss nicht unbedingt etwas bedeuten, hier kommen eine Menge Leute vorbei.«

»Kopierpapier verblasst mit der Zeit und dieser Schnipsel ist noch relativ jung, dem Farbton nach zu urteilen«, sagte Commissario Curreli. »Wir heben ihn auf und suchen weiter.«)

»Es handelte sich nicht um den Kassenzettel eines Restaurants in Fidenza, wie wir annahmen. Es war das ärztliche Gutachten einer Privatpraxis in Florenz. Stell dir vor.«

Marchini ertappte sich dabei, wie er den Commissario mit offenem Mund anstarrte.

»Das kam heute Morgen, ich hatte noch keine Zeit, es dir zu erzählen. Krebs.«

»Elsa Merisi war unheilbar krank?«, fragte Marchini, dem die Überraschung ins Gesicht geschrieben war.

»Elsa Merisi ging es blendend. Emanuele Cannone war unheilbar krank. Er hatte uns doch von seiner Untersuchung erzählt. Der Frau war das Gutachten mit den Untersuchungsergebnissen in die Hände gefallen und sie hatte es sich erklären lassen«, erklärte der Commissario, die Augen starr nach unten gerichtet, bis sein Blick verschwamm.

Marchini atmete tief durch. Mittlerweile hatte er sich so an den schlechten Geruch in dem Zimmer gewöhnt, dass er ihn gar nicht mehr wahrnahm. »Die brauchen aber lange diesmal!«, sagte er und blickte wieder aus dem Fenster. »Das heißt?«, fragte er, als er sah, dass der Commissario wieder in seine Trance zu fallen drohte.

»Das heißt, dass wir völlig falsch lagen, von Anfang an. Zu viel Liebe. Die Merisi ertrug den Gedanken nicht, ihren Mann zu verlieren, trotz allem. Sie war nur bereit, ihn mit anderen Frauen zu teilen. An jenem Nachmittag im Park hatte Emanuele Cannone seine Frau treffen wollen, nicht das Mädchen. Die Merisi hatte ihn dorthin bestellt, vielleicht hatte der Ort irgendeine besondere Bedeutung für sie. Doch dann war sie nicht da; vielleicht beobachtete sie ihn, während er auf sie wartete. Sie hatte alles vorbereitet. Sie wollte ihm beweisen, was sie imstande war, für ihn zu tun. Sie wusste, dass er ein Telefon suchen würde, um sie anzurufen, wenn sie nicht auftauchte. Vielleicht wollte sie ihm die Untersuchungsergebnisse aus Florenz zeigen. Dann änderte sie ihren Plan: Sie zerriss den Bericht … Vielleicht hatte sie schon vorher beschlossen, an einem Ort zu sterben, an dem sie sich geliebt hatten, vor ihrer ›Freundschaft‹. Vielleicht entschied sie sich aber auch erst vor Ort, den Selbstmord vorzuziehen, den sie eigentlich erst nach seinem Tod hatte durchführen wollen und den sie schon lange vorbereitet hatte. Verzweiflung. Hilflosigkeit. Deshalb ließ sie ihn in der Bar am Telefon warten, bis sie ihren Plan durchgeführt hatte.«

»Also, diese ganze Liebe scheint ja schlimmer, viel schlimmer zu sein als Hass. Dann hat ihr Mann sie also so gefunden. Wie konnte sie sicher sein, dass er sie richtig verstehen würde, dass er in der Tat einen Beweis für ihre starken Gefühle sehen würde …«

»Und tatsächlich hat er es missverstanden … In seiner Panik hat er falsche Schlüsse gezogen, er wurde ein Opfer seiner Schuldgefühle! Er glaubte, die einzige Art, einen Tod zu sühnen, für den er sich verantwortlich fühlte, sei, zum Mörder zu werden. Er hielt sich selbst für den Mörder. Doch ihm fehlte der Mut, sich selbst anzuzeigen. Er nahm seine Frau ab, tauschte das von ihr benutzte Seil gegen jenes farbverschmierte rote Ding aus seinem Kofferraum ein und rannte los, um die Serpieri anzurufen. Dem Mädchen erzählte er alles. Er brachte sie dazu, die Lüge vom Schäferstündchen zu unterstützen. Auch wenn es verrückt war. Und dann überließ er alles dem Schicksal.«

(»Meine Gedanken hatten noch keine deutliche Form angenommen, aber jetzt, wo Sie es so formulieren, halte ich es durchaus für wahrscheinlich. Im Übrigen bleibt es eine Vermutung, solange wir keine Beweise haben.«)

»Er hat mich drangekriegt, verstehst du?«, platzte der Commissario heraus. »Er hat mich an der Hand genommen und genau dorthin geführt, wo er mich haben wollte!«

»Und er hat diese Überraschung vorbereitet …«, fügte Marchini mit schrägem Blick auf die Stelle des Zimmers hinzu, um die er bisher sorgsam einen Bogen gemacht hatte. »Vielleicht wusste er schon, dass er höchstens noch sechs Monate zu leben hatte.«

Der Commissario schüttelte den Kopf. »Nein, die einzige Überraschung ist der Zettel. Vom Krebs wusste er nichts«, bekräftigte der Commissario.

(Ich habe noch zu viel Leben vor mir, ich kann das nicht mehr, ich weiß, du wirst mir verzeihen! E.)

»Den Zettel, den er vorher geschrieben hat …« Marchinis Blick huschte wieder zu dem Teil des Zimmers, dem er ausgewichen war.

»Komm schon, Marchini«, platzte der Commissario heraus. »Den Zettel hat das Mädchen geschrieben! E. steht für Edvige, sie wollte nicht mehr weitermachen. Sie hatte noch zu viel Leben vor sich … und wenig Liebe.«

Endlich kamen die Leute von der Spurensicherung. Ginetti grüßte mit einer matten Handbewegung.

»Wird auch Zeit!«, empfing ihn der Commissario.

»Die Leute kommen gerade aus den Fabriken, es herrscht ein verfluchter Verkehr um diese Uhrzeit. Mal sehen … Selbstmord?«, fragte er.

Commissario Curreli nickte. Marchini wedelte mit der Hand vor seiner Nase herum.

»Der Gerichtsarzt muss jeden Moment da sein. Dann können wir das Fenster aufmachen. Irgendwelche Besonderheiten?«, fragte er den Commissario, während er sich der Leiche zuwandte.

»Nur, dass ihr das Seil genau anschauen müsst: Es ist dasselbe, mit dem sich Elsa Merisi erhängt hat.«

»Dasselbe, mit dem sich …?«, murmelte Ginetti und drehte sich ruckartig um.

»Nimm es einfach so hin, eine Erklärung würde zu lange dauern«, erwiderte Marchini und ging in Richtung Flur.

Emanuele Cannones Leiche begann leicht hin- und herzupendeln.

Den ganzen Tag hatte ich schlechte Laune. Marchini schlich wortlos um mich herum. »Wirst du heute noch mal fertig damit?«, fuhr ich ihn irgendwann an.

»Womit?«, fragte er so unschuldig wie nur möglich.

»Um mich herumzuschleichen«, schnauzte ich.

»Wissen Sie eigentlich, dass Sie manchmal … manchmal …«, stammelte Marchini, ohne den Satz zu beenden.

»Was manchmal?«, sagte ich herausfordernd. Es war genau die richtige Gelegenheit für einen schönen Streit, und wenn wir nicht im Büro gewesen wären, hätte ich nicht übel Lust zu einer ordentlichen Prügelei gehabt.

»Ich meinte, dass ich Sie manchmal wirklich nicht verstehe.« Marchinis Stimme klang so traurig, dass mich plötzlich ein merkwürdiges Gefühl der Zuneigung überkam.

»Was genau willst du?«, fragte ich und kniff die Augen zusammen.

»Ich möchte, dass Sie verstehen, dass es für mich auch nicht einfach ist«, sagte er in einem Atemzug.

»Ich weiß, ich weiß«, erwiderte ich, »los, setz dich hin.« Marchini setzte sich. »Wer hat dich dazu gezwungen«, fragte ich ihn,

»wer hat dich dazu gezwungen, mir hierher zu folgen, dir ging es doch gut in Rom, du warst nahe an deinem Zuhause, nahe bei Giovanna, wer hat dich gezwungen?«

Marchini sah mich mit einem kleinen Lächeln an: »Ich bin Ihnen ja gar nicht gefolgt«, sagte er einfach. »Ich möchte etwas lernen, das ist es: Ich möchte dazulernen, ob von Ihnen oder jemand anderem, ist mir egal.«

»Ach«, kommentierte ich ein wenig enttäuscht.

»Ich hätte bei meinem Vater anfangen können, als Sachverständiger in seiner Firma, aber ich habe mich für die Polizei entschieden und wissen Sie, warum?«

»Nein, das weiß ich nicht.«

»Weil mir die Uniform gefiel.«

Ich musste lachen.

»Und Sie?«, fragte mich Marchini dann unvermittelt.

»Was ich?«, tat ich verständnislos.

»Warum machen Sie diesen Job?«

Ich ließ mir ein paar Sekunden Zeit mit der Entscheidung, ob ich darauf antworten sollte.

»Du warst doch auch einmal jung«, begann ich mit väterlichem Unterton in der Stimme. Marchini nickte aus der Höhe seiner neunundzwanzig Jahre herab. »Wie man eben jung ist mit sechzehn«, erläuterte ich. »Na ja, und als ich sechzehn war, beschloss ich, Polizist zu werden, an einem ganz bestimmten Tag, und ich tat das, weil ich dort, wo ich herkam, keine große Wahl hatte. Um also auf deine Frage zu antworten: Ich bin Polizist geworden, um kein Verbrecher zu werden … Denn gut bin ich in beidem.«

Marchini grinste: »Sehen Sie, dass ich das Richtige mache?«, stellte er fest.

»Womit?«, fragte ich.

»Um Sie herumzuschleichen«, erwiderte er und brach in Gelächter aus.

Leck mich, Marchini.

Knüller!

Parma. Dieses trübe Licht, das schwach auf die Häuser fiel und durchsichtige Schatten auf den Putz und das graue Straßenpflaster warf, war pure Ironie, um nicht zu sagen Sarkasmus. Die Sonne war ein Gespenst, ihr Licht umspann die Stadt mit einem ungewissen Schein, irgendwo zwischen Nachmittag und Abend.

»Wie viel Uhr ist es?«, fragte Guiducci, der mit einem riesigen Teleobjektiv an der Umgrenzungsmauer lehnte. »Seit drei Stunden stehen wir hier herum ...«

Marina antwortete nicht. Sie sah mit zusammengekniffenen Augen zu dem bescheidenen Balkon des anonymen Wohnhauses hinauf, etwa zwanzig Meter von der Mauer entfernt.

»Hoffentlich fängt's nicht an zu regnen«, jammerte Guiducci und wischte einmal mehr die Linse des Objektivs ab. »Verfluchte Feuchtigkeit!«

»Es wird nicht regnen«, versprach Marina, ohne den Blick von dem kleinen Balkon abzuwenden.

»Wie viel Uhr ist es?«, fragte Guiducci noch einmal.

Marina sah kurz auf ihre Armbanduhr. »Zehn nach elf«, sagte sie.

»Zu wenig Licht. Das wird nie was ...«

»Foto!«, befahl plötzlich Marina. »Da, rechts.« Mit einem unterdrückten Aufschrei zeigte sie auf eine bestimmte Stelle.

Guiducci richtete das Teleobjektiv mit einer schnellen Bewegung auf das Fenster. Kurz bevor er auf den Auslöser drückte, sah er zu Marina hinab. »Da kommt jemand«, sagte er besorgt.

Elena Vichi war eine schöne Frau. Ihr nackter Körper, der unter der klaren Wasseroberfläche in der Badewanne schwamm, sah aus wie eine glänzende Wachsfigur. Nur die blonden Haare, die wie goldene Algen hin und her wogten, schienen noch zu leben.

»Selbstmord«, urteilte Ginetti. »Sieht zumindest so aus. Nach der Autopsie weiß ich mehr, aber ich könnte wetten, sie hat sich mit Beruhigungsmitteln voll gestopft und dann einfach in die Wanne gelegt.«

»Also«, begann Commissario Curreli eine Bestandsaufnahme, »Elena Vichi, dreiunddreißig Jahre alt, Ärztin ... Wer hat sie gefunden?«

Marchini trat einen Schritt näher. »Anonymer Hinweis beim Kommissariat«, sagte er leise.

»Hinweis ...«, überlegte Curreli. »Mann oder Frau?«

Marchini kniff die Augen zusammen und zuckte die Achseln. »Das lässt sich nicht genau feststellen, die Stimme war elektronisch verzerrt.«

»Aha! Ein organisierter Anonymer. Und das bei Selbstmord ...«

Marina Aridi humpelte auf den Eingang des Kommissariats zu. »Kann mir mal jemand helfen?«, rief sie durch die offene Tür hinein. »Man hat versucht mich umzubringen!«

Zwei Beamte konnten sie gerade noch unter den Armen packen und verhindern, dass sie zu Boden stürzte.

»Wo bin ich?«, fragte sie, als sie in einem unbekannten Raum wieder zu sich kam.

»Es ist alles in Ordnung, Signorina Aridi«, beruhigte sie Commissario Curreli schnell. »Sie sind jetzt in Sicherheit. Möchten Sie mir erzählen, was passiert ist? Auf der Fahrt ins Krankenhaus haben Sie so etwas gesagt ...«

»Was?«, fragte Marina Aridi voller Entsetzen.

»Irgendetwas wegen gewisser Fotos ...«

»Ich weiß nicht ...« Die Frau versuchte sich aufzusetzen. Nun erst bemerkte sie die Verbände um ihren Hals und beide Arme.

»Keine Sorge«, kam ihr der Commissario zuvor. »Es sind bloß ein paar Kratzer. Wer immer Sie angegriffen hat, er kam nicht dazu, sein Werk zu vollenden.«

»Es war schrecklich, er wollte die Fotos ...«

»Die Fotos?«, echote der Commissario. »Welche Fotos?«

Marina Aridi fuhr sich mit dem Finger über einen großflächigen, rotblauen Bluterguss in Höhe des Kinns. »Ich bin Journalistin«, sagte sie, als könne sie ihrer Aussage damit mehr Gewicht verleihen. »Ich weiß nicht, was sie wollten, auf welche Fotos sie es abgesehen hatten ...«

»Sie sprachen von ›sie‹ ... Zu wievielt waren sie denn?«

»Habe ich ›sie‹ gesagt?«

»Das haben Sie.«

»Ich weiß nicht, ich bin nicht mehr sicher, vielleicht waren es zwei ... ich weiß nur noch, dass ich aus dem Wagen stieg und einen fürchterlichen Schlag ins Gesicht bekam.«

»Vielleicht kommen wir weiter, wenn Sie uns sagen, an was Sie gerade arbeiten.«

»Ach!«, winkte die Frau ab. »Routinesache: VIP-Storys. Was unsere Leser halt so mögen. Ich arbeite für *Cassandra*.«

Curreli machte eine ärgerliche Handbewegung. »Eine Schnüfflerin, mehr nicht! Eine von denen, die ihre Umwelt mit erfundenen Geschichten nerven.«

Marchini versuchte zu grinsen, doch konnte er einen Anflug von Bedauern nicht verbergen. »Das ist eine sehr bekannte Zeitschrift, meine Freundin kauft sie jede Woche.«

»Und da kann es passieren, dass du auch mal darin blätterst.«

Marchini musste wohl oder übel zugeben, dass auch er manchmal darin blätterte, aber wirklich nur, um die Zeit totzuschlagen...

»Schon gut, schon gut«, unterbrach ihn Curreli. »Kommen wir zu wichtigeren Dingen. Irgendwelche Neuigkeiten im Fall Elena Vichi?«

Marchini schüttelte den Kopf. »Noch nichts, in drei Tagen bekommen wir die Obduktionsergebnisse. Immerhin wissen wir schon, dass sie unverheiratet war; dass die Wohnung, in der sie gefunden wurde, ihr selbst gehörte; dass ihr Bruder Immobilienmakler ist; dass sie als Assistentin des Chefarztes in der Geburtsabteilung vom Krankenhaus Sant'Ilario arbeitete. Keine Vorstrafen. Keine laufenden Verfahren. Rein gar nichts. Nicht mal eine gebührenpflichtige Verwarnung.«

»Also eine vorbildliche Staatsbürgerin ...«

»Scheint so.«

»Die Klinik?«

»Bei der Klinik war auch nichts zu holen, außer dass Elena Vichi als wahrscheinlichste Kandidatin für die Nachfolge ihres derzeitigen Chefs gehandelt wurde. Ansonsten totales Schweigen: Die Liste der Patienten ist topsecret. Da ist nichts zu holen«, wiederholte Marchini.

»Das dachte ich mir. Dann wollen wir mal diesen Bruder kommen lassen, den Immobilienmakler, und die segensreichen Ergebnisse der Obduktion abwarten.«

Giacomo Vichi schien ein rechtschaffener Mann zu sein. Marchini geleitete ihn in Commissario Currelis Büro, als handele es sich um den Innenminister. Er wirkte wie eine Autoritätsperson, dieser Giacomo Vichi.

Commissario Curreli atmete den Duft des teuren Parfüms ein, der den schlanken Körper umgab. Alles an ihm strömte unaufdringliche Eleganz aus: die gepflegten Fingernägel, die Cartier am Handgelenk, der Kaschmirpullover.

»Ich wäre von mir aus gekommen, wenn Sie nicht angerufen hätten«, begann Giacomo Vichi, bevor der Commissario ihm noch eine Frage stellen konnte. »Man hat uns nicht gestattet, Elena noch einmal zu sehen.«

»Diese Anweisung kam von mir«, meinte Curreli, um von Anfang an klarzustellen, wer in diesem Raum das Sagen hatte. Giacomo Vichi war ihm irgendwie unsympathisch. Vielleicht wegen der Cartier-Uhr, vielleicht wegen der gepflegten Fingernägel. »Wir ermitteln im Todesfall Ihrer Schwester«, fügte er mit einer Spur gemeiner Ironie hinzu.

»Ich verstehe …«, sagte Giacomo Vichi.

»Deshalb habe ich Sie auch rufen lassen«, fuhr Curreli fort und legte eine Zellophantüte auf den Schreibtisch.

Giacomo Vichi beugte sich vor, bis er beinah das Gesicht des Commissarios berührte, und betrachtete den Inhalt der Tüte. Curreli fuhr in seinem Drehstuhl zurück, um eine angemessene Distanz zwischen sich und dieses Parfüm zu bringen.

»Elenas Ring und Armband«, flüsterte Vichi und konnte nur mühsam ein Schluchzen unterdrücken.

»Das trug sie, als wir sie fanden. Die Halskette fehlt«, sagte Commissario Curreli, ohne den erstaunten Blick Marchinis zu beachten.

»Die Halskette?«, murmelte Giacomo Vichi nach kurzem Schweigen in sich hinein. Sein Blick hing wie magnetisiert auf den Spitzen seiner Mokassins.

»Ja, die Halskette, Ihre Schwester trägt sie auf dem Foto, das auf dem Klavier steht. Ein relativ neues Bild, würde man meinen.«

Giacomo Vichi schien nicht verstanden zu haben, sah auf, verwirrt, unsicher. »Neu …«, stimmte er nur zu.

»Wann haben Sie Ihre Schwester zum letzten Mal gesehen … lebend, meine ich?«, fragte Commissario Curreli nun, ohne ihm Zeit zum Nachdenken zu geben.

Vichi sah wieder auf seine Schuhspitzen, nuschelte etwas von dem Abend vor … vor dem Tod seiner Schwester, sie hatten zusammen in einem Lokal in Colorno gegessen.

»Hatte sie da die Halskette um?«, fragte der Commissario.

Vichi murmelte, er erinnere sich nicht mehr.

»Und?«, fragte Commissario Curreli. »Was kannst du mir über diesen Vichi sagen?«

Marchini zuckte mit den Schultern: »Ich kenne sein Gesicht irgendwoher.«

»Und was sagst du zur Halskette?«

»Vielleicht hat Elena Vichi sie ausgezogen, bevor sie in die Badewanne gestiegen ist«, tippte Marchini.

»Gut, sie hat sie abgelegt. Und wo hat sie sie hingetan?«

Marchini sah sich suchend um. »Vielleicht hat sie sie verloren. Vielleicht haben wir aber auch nicht genau genug gesucht.«

»Das ist wohl das Wahrscheinlichste. Es sei denn …«

»Es sei denn?«

»Es sei denn, jemand hat sie ihr abgenommen, als sie bereits tot war. Vielleicht unser anonymer Anrufer.«

»Was meinen Sie damit?«, fragte Marchini bestürzt.

»Ich meine, dass ich nicht verstehe, warum eine Frau vor dem Baden die Halskette ablegt, aber Ring und Armband anbehält…«

»Vorausgesetzt, sie hat sie nicht vorher verloren«, beharrte Marchini.

»Natürlich … natürlich: Vorausgesetzt, sie hat sie nicht verloren.«

»Und was würde sie dann beweisen … diese Halskette?«, fragte Marchini, der es immer noch nicht wahrhaben wollte.

Commissario Curreli sah ihn nachsichtig an. »Das würde beweisen, dass es kein Selbstmord war.«

»Ja, sie trug sie. Das kann ich mit absoluter Sicherheit bestätigen. Sie trug die Halskette. Ich habe gesehen, wie sie sich am Ende ihrer Schicht umzog. Doktor Vichi hatte die Nachtschicht.«

Marchini kommentierte die Worte von Camilla Lanteri, der Oberschwester der Entbindungsstation, mit einem kleinen Schnauben. Er musste schon zugeben, Curreli war wirklich ein ausgefuchster Profi.

»Um wie viel Uhr war das?«, fragte er die Oberschwester, mehr um sich wichtig zu machen.

»Auch das kann ich Ihnen ganz genau sagen. Es war halb elf.«

»Hallo, Ginetti? Hier spricht Curreli. Hör gut zu: Ich möchte, dass der Hals von Elena Vichi Millimeter um Millimeter untersucht wird. Ich brauche eine Erklärung für jedes noch so kleine Mal. Verstanden? Und zwar eiligst! Verstanden? … Was soll das heißen, ich hätte keine Ahnung, mit wie viel Arbeit du im Rückstand bist? … Ich weiß … Ich weiß … Nein, das meine ich ja gar nicht. Mensch, Ginetti, lass dich doch nicht so lange bitten! … Hör zu, tu es mir zuliebe … Los, von Freund zu Freund … Bis morgen? … Natürlich schaffst du das … Okay, Schluss jetzt, sonst kommen mir noch die Tränen: Ich habe die Ergebnisse übermorgen bis spätestens zwölf Uhr auf meinem Schreibtisch. Leck mich.«

»Commissario? Hier ist Marchini, es war dauernd besetzt … Sie müssen herkommen … Via Carlo Alberto 16 … sofort …«

»Martino Guiducci«, erläuterte Marchini, während er das weiße Laken bis zum Hals des jungen Mannes anhob. »Ein Fotograf. Er arbeitete für *Cassandra* …«

»Was ist bloß los hier?«, stieß Commissario Curreli aus. »Zwei Tote und ein tätlicher Angriff in drei Tagen!«

Die Wohnung, die gleichzeitig als Fotostudio diente, war komplett auf den Kopf gestellt worden. In der Mitte des geräumigen, direkt in den Eingangsbereich übergehenden Wohnraumes zeugten die Überreste eines Feuers davon, dass der Mörder den größten Teil des Materials aus Guiduccis Fotoarchiv verbrannt hatte.

Uniformierte Beamte durchsuchten jeden Winkel der Wohnung. Die Leiche lag rücklings auf der Schwelle zu dem Raum, der die Dunkelkammer sein musste. Guiducci hatte sich gewehrt, stellte Ginetti nach einer oberflächlichen Untersuchung des Opfers fest: Er war mit den Händen an der Kehle und Schaum vor dem Mund gestorben.

Marchini stocherte mit einem Stift unter größtmöglicher Vorsicht in dem Aschehaufen aus Filmen und Fotopapier. »Hier,

Commissario!«, rief er und pustete leicht über die Asche, aus der die Überreste eines Terminkalenders auftauchten.

»Ledereinband«, erklärte Curreli. »Er hat die Kalenderseiten vor der endgültigen Vernichtung durch die Flammen geschützt. Das eine oder andere ist noch lesbar. Leider sehr wenig.« Die vom Feuer angegriffenen Seiten waren aussortiert und in Plastiktüten gelegt worden. »Hier, schau dir das an«, sagte der Commissario. »Das ist die Seite von vor fünf Tagen, gerade noch zu entziffern: Via Ottolenghi 9b, 8.00 Uhr, pünktlich!!!«

Marchini riss die Augen auf: »Via Ottolenghi?«, fragte er.

»Das Haus, in dem Elena Vichi wohnte«, bestätigte Curreli.

Marchini machte eine halbe Drehung, so dass er dem Commissario von der anderen Seite des Schreibtisches aus über die Schulter blicken konnte. Diese Eintragung musste er mit eigenen Augen sehen. »Da ist noch etwas«, sagte er nach ein paar Sekunden Schweigen, ohne den Blick von dem angekokelten Blatt zu nehmen. »Erinnern Sie sich, dass ich meinte, das Gesicht dieses Giacomo Vichi irgendwoher zu kennen?«

»Ich erinnere mich. Und?«

»Ich weiß wieder, wo ich es schon mal gesehen habe.«

»Sagst du es mir sofort oder muss ich dich erst lange bitten?«

»Besser gesagt, meine Freundin hat es gesehen.« Marchini trat zu seiner Tasche, die er auf einem Ledersofa abgestellt hatte. Er kramte wild darin herum. Schließlich zog er eine Zeitschrift heraus. »Hier, schauen Sie sich das an«, sagte er und legte sie aufgeschlagen auf den Schreibtisch.

Commissario Curreli las: *Exklusivbericht: der Kuss zwischen der Prinzessin und Giacomo Vichi, spezieller Freund seit über sieben Jahren.* WENN SERENA EINE KRISE HAT, TAUCHT

ER AUF, GIACOMO, *der Mann, der ihr über jeden Liebeskummer hinweghilft.*

»Sehen Sie nach, wer den Artikel unterschrieben hat«, forderte Marchini auf. Commissario Curreli las: Marina Aridi.

»Marchini? … Ginetti hier. Ich habe jetzt die Ergebnisse … Ja, es ist komisch: Der größte Teil der Barbiturate wurde gar nicht verdaut, daran kann sie also nicht gestorben sein … Wie, ob ich mir sicher bin! … Natürlich bin ich sicher, das habe ich untersucht! … Sie ist mit dem Gesicht auf den Wannenrand aufgeschlagen und daran gestorben, sage ich dir … Der Hals? Dazu kommen wir später … Ich möchte mal wissen, wie du … Ja, ein winziges Mal … Na ja, ein Abdruck, nicht größer als ein halber Zentimeter … Dann komm halt ins Labor, da zeige ich dir alles … Nein, nicht sofort, ich habe noch einen anderen Kandidaten, den ihr mir gebracht habt, ja, der Fotograf … In ein paar Stunden …«

»Fassen wir also zusammen«, sagte Commissario Curreli zu sich, während Marchini sich ein wenig umsah. »Elena Vichi begeht in der Wanne ›Selbstmord‹. Marina Aridi gerät bei einem tätlichen Angriff in Lebensgefahr und wird nur durch einen glücklichen Zufall gerettet. Ein hiesiger Fotograf, der mit der Aridi zusammenarbeitet, wird von unbekannt ermordet, seine Wohnung wird auf den Kopf gestellt und sein gesamtes Bildarchiv verbrannt. Und nun sieht es so aus, als habe sich Elena Vichi nach dem Tod die Kette vom Hals genommen …«

Marchini unterbrach ihn mit einem Schrei. »Hier, Commissario!«

Curreli rannte zu ihm. Marchini kniete wenig entfernt am Fuß des Mäuerchens, das das Mietshaus in der Via Ottolenghi umgab.

»Die Verpackung einer Filmrolle!«

»Sehr gut, Marchini. Steck sie in eine Tüte, zusammen mit den anderen Dingen, die du gefunden hast. Dann lassen wir sie analysieren.«

Ginetti drehte das Bild hin und her: »Besser ging es nicht, schau«, sagte er und deutete auf einen dunklen Fleck in der Mitte des Abzuges. Die Vergrößerung zeigte ein graues Stück Kopfhaut, gepunktet von der Rasur und durchzogen von einem Muster aus schwarzen Poren und feinen Gewebeverästelungen. In der Mitte das kreisförmige Zeichen, wie ein gleichmäßiger Stempel: ein Häkchen und drei winzige Spiralen.

»Der Abdruck«, stellte Curreli mit lauter Stimme fest.

»Etwas muss sich in die Epidermis gedrückt haben. Aber nicht am Hals, wie du dachtest, sondern im Nacken.«

»Die Kette.«

»Das ist kein Selbstmord, Curreli. Der Mörder hat Elena Vichi in der Badewanne überrascht, vielleicht hat er sie an den Haaren gepackt, so, von hinten. Dann ein fürchterlicher Schlag, wegen des abgerundeten Wannenrandes ist nicht allzu viel Blut geflossen. Die Barbiturate wurden ihr sofort nach Eintreten des Todes eingeflößt; ich habe Abschürfungen in der Speiseröhre festgestellt, der Mörder muss mit irgendetwas nachgeholfen haben, um sie hineinzustopfen. Dann hat er zu spät die Kette entdeckt. Er konnte den Körper nicht mehr verschieben, sonst wäre das Wasser eventuell in die Wunde vom Aufprall hineingelaufen, wo das Blut schon am Gerinnen war.«

»Er hätte den Verschluss der Kette einfach nur nach vorne drehen müssen, um sie bequem zu öffnen.«

»Das Häkchen hatte sich im Nacken verklemmt. Deshalb auch

der Abdruck. Das Gewicht des Kopfes auf dem Wannenrand und der darauf folgende Riss haben es in die Haut gedrückt.«

»Dann sagt Ihnen der Name Marina Aridi also nichts.«

Giacomo Vichi schniefte vernehmlich und rieb sich mit dem Zeigefinger die Nasenspitze. »Ich verstehe nicht ganz«, sagte er ausweichend.

»Da gibt's nicht viel zu verstehen.« Commissario Curreli wirkte müde. »Wollen Sie mir weismachen, dass Ihnen noch nie einer ihrer Artikel untergekommen ist? Von denen doch zumindest einer Sie ganz persönlich betrifft«, drängte er und hielt dem Mann die Ausgabe von *Cassandra* mit der Meldung über ihn hin.

Vichi warf einen kurzen Blick auf die Seite: Sie zeigte stark vergrößerte, unscharfe Bilder von ihm selbst, untergehakt mit Prinzessin Serena, die in einem Schneeanzug steckte. »Ach das«, murmelte er und sah auf. »Ich … ich lese dieses Zeug nicht … Und wer soll das sein, Ari…«

»Aridi«, vervollständigte Curreli. »Marina Aridi: Sie hat diesen und andere Artikel über Ihre spezielle Freundschaft zu der Prinzessin unterschrieben …«

Vichis Gesicht lief dunkelrot an. »Ich sagte bereits, dass ich … mich nicht mit diesen Dingen abgebe.«

»Und das, womit Sie sich abgeben, befriedigt Sie?«

»Nun ja, ich kann mich nicht beklagen.«

»Sie können sich nicht beklagen: Scheint ein beneidenswertes Leben zu sein, Freundschaften in den besseren Kreisen …«

»Das ist es, was Sie stört, nicht wahr, Commissario?«, fuhr Vichi auf ihn los, den Mund zu einem dünnen Strich zusammengekniffen. »Deswegen dauernd Ihr Sarkasmus …«

»Signor Vichi, Sie enttäuschen mich. Sie sind ein Mann von Welt, was kann Ihnen schon der Sarkasmus eines Polizeikommissars anhaben …«

»Gar nichts, was das angeht, aber Ihre Art gefällt mir nicht. Meine Schwester ist gerade erst gestorben … Und Sie haben nichts Besseres zu tun, als in diesem Dreck herumzuwühlen …«

»Dann werde ich Ihnen nun eine einfache und direkte Frage stellen, die Sie mir bitte einfach und direkt beantworten: Welcher Art war das Verhältnis zwischen Ihnen und Ihrer Schwester, Signor Vichi?«

Giacomo Vichi runzelte die Stirn. »Darf ich rauchen?«, fragte er unvermittelt. Commissario Curreli nickte.

Vichi ließ sich Zeit und atmete in aller Ruhe den ersten Zug aus. »Wir haben uns in letzter Zeit nicht oft gesehen. Ich bin fast immer in Monte Carlo, wo die meisten meiner Klienten wohnen. Und sie, Elena, war eine ganz besondere Frau. Also, wir hatten eine sehr stürmische Beziehung, nicht immer eine gute, wenn Sie es genau wissen wollen.«

»Gut, und in letzter Zeit, sagen wir, in den letzten zwei Wochen, wie würden Sie da Ihr Verhältnis beschreiben?«

»Wir haben uns ein paarmal gesehen …«, murmelte Vichi vor sich hin. »Nicht schlecht, würde ich sagen …«

»Nicht schlecht …«

»Sie haben sich gehasst!« In dem milchigen Neonlicht des Flures hatte Camilla Lanteri einen entschiedenen Tonfall angeschlagen. »Er kam manchmal hierher, in die Klinik, und Dottoressa Vichi empfing ihn in ihrem Büro. Hinterher, wenn ihr Bruder wieder weg war, war sie immer sehr schlecht gelaunt.«

Marchini notierte sich alles haarklein.

»Curreli? Hier ist Ginetti!, Nein, ich will nicht Marchini sprechen! … In Ordnung, wenn's nicht zu lange dauert, sonst richte ihm aus, dass ich angerufen habe … Ja, gut … Ich bin ja hier … Curreli? … Da hast du mir was eingebrockt. Du schuldest mir ein Essen! … Beruhig dich, du schuldest mit trotzdem was … Lass mich ausreden, los, das ist kein Witz … Ich habe etwas entdeckt, was dich interessieren könnte … Ja, wegen diesem Abdruck auf der Haut … Richtig, genau die … Ja, ich habe das Bild in den Scanner gelegt … In den Scanner, Curreli, du weißt doch: Computer, Bildbearbeitung … Wie, davon verstehst du nichts, Curreli, in welchem Jahrhundert lebst du eigentlich? … Okay, ich geb's auf … Also, ich habe herausgefunden, dass das, was wir für den Verschluss einer Halskette hielten … Genau, eben dieses kreisförmige … Ja, Curreli, dieses große, tief eingegrabene … Also, es handelt sich kurz gesagt um den Abdruck eines Schlüssels … Natürlich mache ich keine Witze, was glaubst du denn? … Ein Schlüssel, wenn ich's dir sage … Ein kleiner Schlüssel, um genau zu sein … Ja, so einer für ein Vorhängeschloss … Auf der bearbeiteten Aufnahme des Computers wird das ganz deutlich … Ja, die Theorie mit der weggerissenen Kette hat mich überhaupt nicht überzeugt … Genau, der Abdruck war zu deutlich … Ich weiß, ich weiß, du betest mich an … Ich dich auch … Aber sicher, wir werden heiraten … Natürlich habe ich mir das Abendessen verdient … Du mich auch …«

»Allmählich scheint Licht in die Angelegenheit zu kommen. Also: Giacomo Vichi und seine Schwester Elena pflegen nicht unbedingt die besten Beziehungen. In der Zwischenzeit fotografieren die Schnüfflerin Aridi und ihr Paparazzo etwas, was sie nicht fotografieren dürfen. All das hängt zusammen, wenn es stimmt, dass der Fotograf dran glauben musste und das Motiv des Fotos, Elena Vichi, ebenfalls … Welche Fragen müssen wir uns daraufhin stellen, Marchini?«, fragte Curreli unvermittelt.

Marchini fiel fast vom Stuhl. »Ähh, wir müssen uns fragen … was in der Via Ottolenghi fotografiert wurde.«

»Gut. Und danach?«

Marchini lockerte den Knoten seiner Krawatte. »Und … danach, wer Interesse daran gehabt haben könnte, wegen dieser Fotos zu töten …«

»Du bist auf dem richtigen Weg, Marchini … weiter …«

»Weiter? Also: Wir müssen jede Bewegung von Giacomo Vichi am Tag des Mordes zurückverfolgen …«

»Und …?«

»… und an den Tagen davor …«

»Eine Sache wissen wir diesbezüglich ja bereits: Wir wissen zum Beispiel, dass Elena Vichi am Vorabend ihres Todes mit ihrem Bruder in Colorno essen war … Aber ansonsten?«

»Na, da gibt's nicht mehr so viel …«

»Genau, Marchini, wir müssen alles über Giacomo Vichi herausfinden: mit wem er zu tun hat, wie er finanziell dasteht, sogar wie oft am Tag er aufs Klo geht. Haben wir uns verstanden? Jetzt kannst du die Nervensäge reinschicken!«

»Hören Sie, ich bin Profi, Sie erwarten doch nicht etwa, dass ich herkomme und meine Berufsgeheimnisse ausplaudere.«

»Wir wissen, dass Ihr Mitarbeiter in der Via Ottolenghi war und das Teleobjektiv genau auf die Fenster der Wohnung von Elena Vichi gerichtet hat, just an dem Morgen, als sie ermordet wurde. Und wir wissen auch, dass er deswegen starb. Derjenige, der ihn umbrachte, hat ganze Arbeit geleistet und das gesamte

Bildarchiv vernichtet. Zwei Tote, Signorina Aridi! Und nun kommen Sie mir bitte nicht mit Ihren ›Berufsgeheimnissen‹, weil mich Ihre Berufsgeheimnisse nicht die Bohne interessieren!«

»Sie vergessen, dass ich auch fast gestorben wäre …«

»Das vergesse ich keineswegs: Aus diesem Grund haben wir Ihnen Personenschutz angeboten.«

»Ich weiß nicht, was mir das bringen soll: Ich habe so viele Artikel über Leute verfasst, die trotz Personenschutz starben … Und außerdem ist es nicht das erste Mal, dass ich bedroht werde … Ich weiß das und muss damit leben, ich habe eben einen gefährlichen Beruf … Die meisten Leute, mit denen ich mich beschäftige, sind mächtig … sehr mächtig … verstehen Sie?«

»Ich entnehme Ihren Worten, dass Sie sich nicht mit sehr vielen Menschen beschäftigen …«

»Auch das stimmt: Sagen wir mal so, seit ein paar Jahren liegt mein Hauptaugenmerk auf der Prinzessin. Was ist schlecht daran? Unsere Leser mögen das und ein Titelbild mit ihr lässt die Verkaufszahlen gleich in die Höhe schnellen. Das, was Sie als Dreck bezeichnen, ist gut für alle, vor allem für die verführerischen Opfer … Manchmal kommt es sogar vor, dass wir von ihnen benutzt werden. Und hin und wieder drohen sie uns auch knallhart …«

»Was meinen Sie damit?«

»Ich meine damit, dass der Schlüssel für diese ganze Geschichte in den besseren Kreisen liegt, Commissario … Kann ich jetzt gehen?«

»Sie können gehen, aber halten Sie sich zu unserer Verfügung und seien Sie vorsichtig … Ach, Signorina Aridi …«

»Ja, Commissario?«

»Ein Wort in Ihrer oder in irgendeiner anderen Zeitschrift über die ganze Geschichte und ich lasse sie für den Zeitraum der Ermittlungen dichtmachen … und das ist keine Drohung: Es ist ein heiliges Versprechen. Haben wir uns verstanden?«

»Meine Verlobte sagt, dass nun, wo Serena schwanger ist, die Jagd auf den Vater des Kindes eröffnet wurde … Ich frage mich manchmal …«

»Marchini, bitte sag doch deiner Verlobten, sie soll lieber mal ein gutes Buch lesen!«

Marchini wirkte gekränkt: »Giovanna hat zwei Universitätsabschlüsse, einen in griechischer und lateinischer Paläographie und einen in zeitgenössischer Literatur, falls Sie nichts dagegen haben! Und ich wollte sowieso nur sagen, dass die anderen Umstände der Prinzessin vielleicht mit unseren Ermittlungen in Verbindung stehen … Immerhin ist Vichi ein Intimfreund der Prinzessin, nicht wahr?«

»Marchini, ich bin sprachlos, wirklich … Ich muss mich bei dir entschuldigen …«

»Schon gut, Commissario, ich bin auch ein bisschen nervös … Ich hätte nicht so überreagieren dürfen …«

»Kein Problem, Marchini, wirklich. Jetzt erzähl mal von unserem Verdächtigen.«

»Giacomo Vichi ist ruiniert, Commissario. Er hat mehrere Millionen Franc Schulden im Casino von Monte Carlo: ein heilloser Zocker, der im letzten Jahr nicht viel Glück hatte … Seine Geschäfte bewegen sich am Rande des Bankrotts …«

»Die Kontoauszüge? De Pisis hat geschworen, mich nach Kalabrien zu schicken, wenn er wegen mir umsonst eine richterliche Anweisung unterschreibt.«

»Die Kontoauszüge sind sehr aufschlussreich, sehen Sie: monatliche Zuwendungen auf sein Gehaltskonto von Seiten der Schwester in einer Gesamthöhe von fünfhundert Millionen und ...«

»Und?«

»Die Überweisungen reichen bis zum vergangenen Februar, dann kommt nichts mehr. Außer einer Zuwendung im April über zweihundert Millionen, dieses Mal jedoch von der APA ...«

»APA?«

»Halten Sie sich fest: die Gesellschaft, der die Zeitschrift *Cassandra* gehört.«

»Da beißen wir auf Granit: Die werden sagen, sie hätten Immobiliengeschäfte mit Vichi abgewickelt, was weiß ich, der Kauf eines Mietshauses oder etwas in der Richtung.«

»Es stimmt alles. Ich bin so gut wie ruiniert. Fehlinvestitionen ...«

»Und das Glücksspiel«, warf Commissario Curreli ein.

»Das auch«, gab Vichi gezwungenermaßen zu.

»Deshalb mussten Sie sich, als Ihre Schwester die Finanzspritzen einstellte, an die Presse wenden.«

»Mir stand das Wasser bis zum Halse. Immer wenn in den Zeitungen mein Gesicht in Verbindung mit der Prinzessin auftauchte, stiegen meine Referenzen und es war leichter, die Zurückzahlungen zu stunden. Es war reiner Sauerstoff, kurz gesagt. Was glauben Sie?«

»Ich glaube gar nichts. Außer, dass Ihre Schwester vielleicht genau wegen Ihrer Referenzen ermordet wurde.«

Giacomo Vichi zuckte zusammen, als hätte er einen Stromschlag bekommen. »Ermordet?«, jaulte er auf.

»Ermordet«, bestätigte der Commissario. »Daran besteht nicht der geringste Zweifel.«

»Ihr glaubt doch nicht etwa, dass ich sie ermordet habe?«, krächzte Vichi. »Ihr seid verrückt. Ihr seid alle verrückt. Ich will einen Anwalt!«

»Den werden Sie zu gegebener Zeit bekommen, keine Sorge. Doch jetzt möchte ich, dass Sie mir alles über das Abkommen erzählen: Wer genau sollte an jenem Morgen in der Via Ottolenghi fotografiert werden?«

»Ich«, flüsterte Vichi. Er schien am Boden zerstört.

»Und dann?«, drängte Curreli, als Vichi nicht fortfuhr.

»Serena.« Der Name war nicht mehr als ein Windhauch.

»Ich selbst hatte sie dort um ein Treffen gebeten wegen einer Immobiliengeschichte: Sie wollte ein Chalet in Cortina kaufen, doch es musste anders aussehen, ja, also, sehen Sie, sie erwartet ein Kind: Die Idee war, es so aussehen zu lassen, als sei ich der Vater …«

»Und wie viel hätte Ihnen diese … nennen wir es mal Vaterschaft, eingetragen?«

Giacomo Vichi räusperte sich: »Eine Milliarde Lire«, antwortete er zögernd.

Marchini, der bisher kein Wort gesagt hatte, fuhr auf seinem Stuhl hoch und stieß einen Pfiff aus.

Curreli beachtete ihn nicht. »Zweihundert Millionen im Voraus.«

Vichi nickte.

»Gut. An diesem Punkt ist es notwendig, dass Sie meine Frage von vorhin beantworten: Wie ist Ihr Verhältnis zu Marina Aridi?«

»Sie sind verrückt, vollkommen verrückt! Was erlauben Sie sich, haben Sie denn Beweise dafür?« Marina Aridis Stimme schnitt wie eine Klinge durch den Raum.

Commissario Curreli unterdrückte ein Schnaufen. »Allem voran die Aussage Giacomo Vichis, demzufolge der Knüller über die Vaterschaft der Prinzessin bereits eine abgemachte Sache war.«

»Das ist ein böser Traum, weckt mich, wenn er zu Ende ist. Aber nein, ich bin ja schon wach und ich sage Ihnen, mein lieber Commissario, wenn Sie nichts Besseres zu bieten haben als die Aussage dieses Schaumschlägers, um mir diese Sache anzuhängen, dann gibt es keinen Grund, mich auch nur eine Minute länger hier festzuhalten!«

»Wir haben Beweise, dass der Fotograf vor der Wohnung war, an dem Morgen, als Elena Vichi tot aufgefunden wurde.«

Marina Aridi sah einen Moment verzagt aus: »Der arme Guiducci«, schluchzte sie. »Wer weiß, was er aufdecken wollte ... Wenn er mich doch nur benachrichtigt hätte ...«

»Sie hat Recht! Und sie hat uns zum Narren gehalten. Schon zweimal: zuerst, als sie den angeblichen Angriff auf sich selbst inszeniert hat, und dann, als sie uns anrief und mitteilte, dass Elena Vichi tot sei. So wird ein Schuh daraus! Aber Richter De Pisis wird mir trotzdem keine Anweisung unterschreiben, selbst wenn ich ihm verspreche, Urlaub zu nehmen. Wir haben nichts gegen die Aridi in der Hand! Und dennoch würde ich Haus und Hof verwetten, dass sie es war! Ich weiß nicht, warum. Aber etwas ist schief gelaufen. Sie hat abgewartet, dass Vichi und die Prinzessin herauskommen, vielleicht ist ja Elena Vichi in diesem Moment aufgetaucht. An jenem Morgen hat sie um 10.30 Uhr die Klinik verlassen, stimmt das?«

»10.30 Uhr«, bestätigte Marchini. »Von Sant'Ilario bis zur Via Ottolenghi braucht man ungefähr eine halbe Stunde.«

»Das würde also passen. Wir müssen etwas finden, das sie mit Elena Vichi verbindet. Aber was?«

»Die Halskette«, schlug Marchini vor.

»Nein, selbst wenn wir ohne Erlaubnis die ganze Wohnung durchsuchen würden, würden wir sie nicht finden: Sie ist raffiniert und hat sich ganz sicher von ihr befreit. Aber … der Schlüssel … Wenn Elena Vichi nun wegen dieses Schlüssels gestorben wäre …« Curreli blätterte in der Akte Elena Vichi auf seinem Schreibtisch und suchte nach der Abbildung des Schlüssels, die Ginetti ihm gegeben hatte. »Der Schlüssel, der Schlüssel …«, murmelte er immer wieder, ohne den Blick von dem Bild zu wenden.

»Ein Tagebuch?«, fragte Marchini wenig überzeugt. »So eins mit Vorhängeschloss.«

»Nein. Sie hätte die Wohnung auf den Kopf gestellt, um es zu finden …«

»Der Spind in der Klinik!«, rief Marchini plötzlich aus. »Die Oberschwester hat gesagt, sie hätte die Kette gesehen, als Elena Vichi sich am Ende ihrer Schicht umzog. Dann muss sie in der Klinik einen Spind haben.«

»Marchini, habe ich dir je gesagt, was für ein großartiger Junge du bist? Wenn du nicht so altmodisch wärst, würde ich dich küssen! Ruf sofort De Pisis an und gib ihn mir: Diesmal kann er uns seine Unterstützung nicht verweigern.«

»Lasst sie durch.« Camilla Lanteris Stimme ließ keine Gemütsregung erkennen.

Die Frau, die nun vor ihr stand, war eine gut aussehende Dame mit dunklen Haaren und einem grauen, sehr streng geschnittenen Kostüm. »Emilia Poluzzi, von Poluzzi-Vandelli und Söhne, die

Rechtskanzlei, die mit der Vollstreckung des Testaments von Elena Vichi betraut ist. Vor zwei Wochen hat Dottoressa Vichi uns eine Kopie des Schlüssels ihres Spinds hier in der Klinik zukommen lassen mit der Bitte, Unterlagen von größter Wichtigkeit abzuholen, die sich in ihm befinden.«

»Ich fülle gerade noch das Formular aus, dann begleite ich Sie in die Umkleideräume der Station«, sagte Camilla Lanteri, ohne von ihrer Akte aufzusehen.

Emilia Poluzzi trommelte nervös mit den Fingern auf den Rand ihres Aktenkoffers.

Endlich erhob sich Camilla Lanteri und forderte Emilia Poluzzi mit einer kurzen Kopfbewegung auf, ihr zu folgen. »Der zweite von links«, sagte sie und deutete vage in den halbdunklen Raum hinein, dessen Wände komplett mit Metallspinden zugestellt waren.

Emilia Poluzzi ging auf den entsprechenden Schrank zu, stellte ihre Tasche auf dem Boden ab, öffnete sie und entnahm ihr einen kleinen Schlüssel, mit dem sie das Schloss am Spind der Dottoressa Vichi öffnete. Sie zog eine gelbe Mappe heraus und ließ sie in dem Köfferchen verschwinden.

Im selben Moment tauchte der Umriss von Commissario Curreli in dem hellen Rechteck der Tür auf. »Schöne Verkleidung, Signorina Aridi!«

Die Frau drehte sich um und presste die Tasche an ihre Brust. »Ich musste es versuchen«, sagte sie. »Ich musste es zumindest versuchen. Diesen Knüller konnte ich mir nicht entgehen lassen: Da stecken monatelange Vorbereitungen mit diesem hirnrissigen Vichi und Unmengen von Geld drin ... Verstehen Sie? Er war der perfekte Vater! Niemand war auf die Idee gekommen! Alle vermuteten immer nur diesen oder jenen Prinzen und stattdessen: Vichi! Wissen Sie, was ich meine? Wissen Sie, was es heißt, wenn kleine, hirnlose VIP-Jäger dir eine Nachricht vor der Nase wegschnappen? Ich hatte mich auf die Schwester kapriziert: So viel verlorene Zeit mit ihrer adeligen Liebschaft und dann ist Serena plötzlich zum dritten Mal schwanger! Und mein Chefredakteur, der mir sagt: ›Hast du geschlafen, Marina? Ich muss bei der Konkurrenz lesen, dass die Kleine wieder schwanger ist?‹ Deshalb habe ich mir den Kopf zerbrochen und mir vorgenommen: ›Marina, du musst den Vater finden, koste es, was es wolle!‹ Es lag schon alles bereit. Die brisantesten Fotos des Jahres! Ich sah schon alles vor mir: *Serena in Parma: geheimnisvolles Treffen – die wahre Identität des Mannes, dessen Kind die Prinzessin unter ihrem Herzen trägt!* Eine Millionenauflage! Erste Meldung in allen Fernsehnachrichten! Und dann, an jenem Morgen in der Via Ottolenghi, kommt Elena Vichi, sieht uns und schreit auf uns ein, sie kannte mich, sie hatte mich schon einmal mit ihrem Bruder gesehen … Und …«

»Und sie kannte die Wahrheit: Sie hätte Ihren Knüller ganz schnell zum Platzen gebracht: mit einer Akte aus der Klinik«, fuhr Commissario Curreli fort und hielt ihr eine gelbe Aktenmappe hin. »Wir waren früher da, die Mappe in Ihrer Tasche ist leer, Signorina Aridi.«

Die Oberschwester Camilla Lanteri, die etwas abseits stand, lächelte zum ersten Mal. Marchini trat zu ihnen und sah sich verwirrt um.

»Mir ist fast alles klar«, sagte Marchini und blies in seine Tasse, um den heißen Espresso etwas abzukühlen. »Bis auf eins: Warum ist sie nicht sofort losgegangen, um diese Mappe abzuholen, wenn sie doch so wichtig war?«

Commissario Curreli schürzte die Oberlippe. »Weil sie vorher nicht daran gedacht hatte, genau wie wir. Und wie wir hat sie sich tagelang den Kopf zerbrochen … und die Mappe war tatsächlich von größter Wichtigkeit … Sie enthielt den Beweis, dass die Prinzessin eine künstliche Befruchtung hatte vornehmen lassen, jetzt darf ich es dir ja sagen … Kannst du morgen sowieso in der *Cassandra* lesen … Ich habe den Knüller gerade verkauft.«

Der Herr Polizeipräsident empfing mich mit einem Lächeln, das nichts Gutes verhieß. Er begann mit den üblichen Reden, dass wir gute Arbeit geleistet hätten, keine Frage, und dass mein Ruf als eher raubeiniger Beamter nicht unbedingt negativ sei, um dann nach und nach dazu überzuleiten, wie schwierig es doch sei, die richtigen Leute am richtigen Ort zu haben.

»Wohin?«, fragte ich nur.

Der Polizeipräsident sah mich misstrauisch an: »Haben Sie schon Gerüchte gehört?«, fragte er.

»Nein«, erwiderte ich, »aber ich kenne den Stil. Wohin schicken Sie mich diesmal?«

Bevor er antwortete, war dem Präsidenten doch sehr daran gelegen, noch einmal zu betonen, dass jeder, der diesen Beruf wählte, wusste … also, eben wusste … dass man bereit sein musste, sich jederzeit gemäß den Erfordernissen räumlich zu verändern, man durfte sein Herz nicht an einen Ort hängen.

Bevor er antwortete, war mir wiederum daran gelegen zu betonen, dass ich nun mittlerweile schon vor Monaten den Antrag auf Versetzung nach Sardinien gestellt hatte, und ich fügte hinzu, dass das, was für alle anderen die Strafkolonie war, für mich praktisch unerreichbar sei. Der Vergleich mit der Strafkolonie löste beim Polizeipräsidenten herzhaftes Gelächter aus, so als hätte ein sympathischer Spaßvogel einen Witz gemacht.

»Wir haben Sie beim Abschiedsessen des stellvertretenden Polizeipräsidenten Slabani erwartet«, sagte er dann unvermittelt. »Aber Sie waren ja nicht da«, fügte er hinzu. Und in diesem Zusatz lag der Grund für meine Versetzung verborgen, genau der Grund, den der freundliche Herr Präsident mir nicht mitzuteilen gedachte.

»Ich gehöre nicht zu denen, die ihre Aufwartung machen«, sagte ich spontan.

»Eben«, stimmte der Präsident zu.

»Also, wohin nun?«, fragte ich und versuchte mich zu beherrschen.

»Turin?«, fragte der Polizeipräsident. Was ein absoluter Witz war.

»Das fragen Sie mich?«, gab ich zurück.

»Nein, ich hielt es für die netteste Art, Sie aufzuklären, im Übrigen werden Sie in den nächsten Tagen die schriftliche Mitteilung bekommen.« Der Präsident erwartete meine Reaktion, die nicht kam. »Sie glauben, dass ich Sie persönlich nicht nett finde«, fügte er schließlich hinzu.

Ich erhob mich: »Ich *bin nicht* nett«, sagte ich.

»Mama sagt, du musst die Sachen, die du am häufigsten benutzt, obenauf legen … Die Schuhe gehören nicht in den Koffer, wir wissen doch, wie du das machst, pack sie in eine Extratasche …«

»Wie soll ich denn packen, wenn wir telefonieren?«

»Dann geb ich dir jetzt die Mama … Küsse, Küsse … Wann kommst du?«

»Weihnachten, spätestens Silvester. Gib deiner Schwester einen Kuss von mir. Wieso bist du eigentlich nicht in der Schule?«

»Ja, von mir auch ’nen Kuss, ich hol jetzt die Mama …«

»Wieso ist sie nicht in der Schule?«

»Sie hat ein bisschen erhöhte Temperatur, aber ich habe dir nichts gesagt, ich wollte nicht, dass du dir Sorgen machst …«

»Hm …«

»Wie weit bist du mit dem Packen? Wirf nicht wieder alles wahllos hinein, obenauf musst du die Sachen legen …«

»Ja, ja, oben packe ich die Sachen hin, die ich zuerst brauche.«

»Und falte sie ein bisschen zusammen, wann genau fährst du los?«

»Morgen früh.«

»Ach, und Marchini? Fährt er mit dir?«
»Nein, Marchini ist schon seit zwei Tagen in Turin …«
»Gut, sehen wir dich an den Feiertagen?«
»Muss ich noch beantragen, ich darf entweder Weihnachten oder Silvester nach Hause … so viel ist sicher …«

Es ist immer dasselbe: Das Kofferpacken wird mir zur Qual. Meine Frau macht sich zu Recht Sorgen. Es liegt einfach daran, dass Reisen mich nervös machen. Schon als kleiner Junge bekam ich vor Reisen immer schlechte Laune. Weniger wegen der Reise an sich als wegen der Koffer, wegen des Packens. Es ist, als würde man sein Leben neu ordnen. Als würde man gezwungen, sein eigenes Tagebuch noch einmal zu lesen, das man als Jugendlicher geschrieben hat. Ganz zu schweigen davon, dass ich es immer bis zur letzten Minute hinausschiebe: Ich habe es noch nie geschafft, frühzeitig meine Koffer zu packen. Also, die Schuhe nicht, die Schuhe in eine Extratasche und die Kleider schön falten, damit sie weniger Platz wegnehmen. Einzelne Strümpfe werfe ich weg; wenn ich in Turin bin, gehe ich in ein Kaufhaus und kaufe eine ganze Palette, ich mag sowieso nur eine Art von Strümpfen: dunkel, das ganze Jahr über dünn, unkompliziert zu waschen und über der Heizung schnell trocknend. Die Hemden gebe ich ungern in die Wäscherei, aber das ist unvermeidlich, denn wenn ich versuche, sie selbst zu waschen, nehme ich immer zu viel Waschmittel und habe nicht die Geduld, sie ordentlich auszuspülen, außerdem wäre ich nie und nimmer in der Lage, sie zu bügeln. Aber ich gebe sie dennoch höchst ungern in die Wäscherei, die Hemden: Wenn ich sie perfekt gebügelt zurückbekomme, riechen sie nach nichts, da ist nichts zu machen: Sie riechen nach nichts, weder dreckig noch sauber …

Als das Telefon klingelt, kämpfe ich gerade mit den Koffern, fast als müsste ich in die Taschen auch einen Großteil meiner Überempfindlichkeiten packen, um sie mit mir herumzuschleppen. Jedenfalls klingelt das Telefon: Es ist Parenzo, der tüchtige Dreißigjährige, ein Ermittlungsrichter im Auge des Sturms. Er hat jemanden festgenagelt. Der will nicht gestehen und die Presse macht ihm die Hölle heiß.

»Parenzo!«, sagt er, kaum dass ich abgenommen habe.

»Dottore«, erwidere ich.

»Vergiss den Dottore«, sagt er, »hast du ein Stündchen Zeit?«

»Ich war gerade am Packen, morgen fahre ich nach Turin, neuer Standort«, erkläre ich.

»Es wäre dringend«, meint er, »ich glaube, wir haben ihn fast, ich habe mit Serpieris Anwalt gesprochen und er scheint eine Art Geständnis verfasst zu haben.«

»Gut«, sage ich, »dann hört wenigstens endlich dieses Hin und Her mit den Zeitungen auf.«

»Von wegen gut«, meint er, »dieses Geständnis bringt mich noch um den Verstand, wie lange brauchst du, um zu mir ins Gericht zu kommen?«

»Ich weiß nicht«, sage ich, »halbe Stunde, aber warum soll ich denn kommen?«

»Weil du mit diesem Fall zu tun hattest … Schaffst du es in zwanzig Minuten?«

Der Sex und die Engel

Sie macht mich wahnsinnig. Und sie weiß es. Das macht sie absichtlich. Sie dreht ihre ewigen Runden durch die Wohnung, streift sich die Schuhe ab. Ich folge ihr wie ein hungriges Hündchen. Und frage. Flehe: Was ist los? Nichts, nichts. Sie zischt es fast. Und bleibt dabei: nichts. Nichts. Egal, wie ich frage. Nichts. Sie bringt mich auf die Palme. Und treibt mich beinah dazu, mehr zu sagen als nötig. Auch wenn es reichlich zu sagen gäbe. Die soll mal einer verstehen. Was für eine Zicke … Hat sie ihre Periode? Oder einfach den Arsch offen? Vielleicht hatte sie einen schlechten Tag? Hat sie ein paar Kilo zugenommen? Oder eine Falte im Gesicht entdeckt? Was zum Teufel hat sie nur? Nichts. Nichts. Nichts. Mit einer Miene, aus der es schreit: Ich habe etwas, aber ich will es dir nicht sagen.

Kommt nicht in Frage, weiter nachzuhaken, kommt gar nicht in Frage. Und ich habe auch keine Lust mehr, sie zu provozieren. Sie anzuflehen: Sag doch, was los ist!

Es ist alles sinnlos. Deshalb schaue ich auf die Uhr und beschließe, dass ich es noch schaffen kann. Vielleicht ist im Fitnessstudio irgendein Engel, der mir dabei hilft, meine Wut abzuarbeiten. Unterwegs beruhige ich mich bereits ein wenig, doch die dumpfe Wut bleibt und bricht hin und wieder durch, ohne Voranmeldung, einfach so. Zum Glück ist das Fitnessstudio nicht weit. Und es ist noch früh genug. Ich habe gut zwei Stunden.

Ich ziehe mich aus, weil ich vollkommen allein bin. Allein mit dem Schweißgestank eines ganzen Tages. Aber ich bin bereit. Ich glaube, es geht mir schon besser. Bei den Gewichten herrscht gähnende Leere. Training, Training. Kontraktionen wie Heere von singenden Cherubinen: Du wirst ruhig, jetzt bist du ruhig, du wirst ruhig, jetzt bist du ruhig. Schreie und Schweiß, ist doch eh alles ihr Scheiß, ist doch eh ihr verschissener Scheißdreck. Ich lege Gewichte nach für die Brustmuskeln, stoße eine Art Uhhh! aus und spucke Luft. Und immer so weiter: Bizeps, Trizeps, Trapezmuskeln ... Bei den Bauchmuskeln lasse ich mich gehen, ich trainiere sie, weil es sein muss, ich trainiere sie und fertig. Gehört eben dazu. Hat ja keinen Sinn zu streiten. Hat ja keinen Sinn, nach Gründen zu suchen, ich müsste sie besser kennen. Herrje! Nichts.

Mit einem leichten Schwindel kehre ich in die Umkleidekabine zurück. Immer noch habe ich das ganze Studio für mich allein. Dabei wäre es besser, jemanden zu treffen, einen Engel des Himmels, denn das Studio, die Übungen ohne jemanden um mich herum zwingen mich zum Nachdenken. Ich ziehe mich aus. Vielleicht hilft mir ja ein Blick in den Spiegel. Denn ich weiß, was ich sehen werde, ist nicht schlecht für einen Vierzigjährigen. Alles, wo es hingehört. Alles, wie es sein soll, Proportionen, Fitness ...

In der Sauna ist noch jemand. Ich bin sprachlos. Es ist ein gut gebauter junger Mann, kaum älter als zwanzig. Er grüßt mich, als ich eintrete. Zur Antwort presse ich die Lippen zusammen. Mehr nicht, wir kochen da in der feuchten Hitze. Ich sitze auf der Bank und zähle die Schweißtropfen, die mir die Nase herablaufen. Der junge Mann hat sich bewegt. Er rückt näher. Fast auf Tuchfühlung. Ich kann ihn riechen. Ich lehne den Rücken an die Wand, schließe die Augen. Ich spüre, wie er mir zufällig über den Schenkel streicht. Ich lasse die Augen zu. Nun hat seine Hand beschlossen, von der zufälligen Berührung zu der absichtlichen überzugehen. Mit nervtötender Langsamkeit taucht er zwischen meine Beine ein, streichelt mich. Ich lasse die Augen zu. Das sollte man der blöden Kuh zu Hause mal sagen: Alles ist besser als du. Selbst ein Unbekannter, der mich in der Saune anfasst. Das macht er nämlich besser, als du das je gemacht hast. Du bist bloß eine blöde Kuh, die nicht redet, die es genießt, wenn ich ausflippe, und so tut, als verstände ich Dinge, die sie nicht sagt, die sie nicht erklärt. Zerschlagenheit ist ein sehr wirksames Aphrodisiakum und ich bin erregt. Der Junge wird mutiger. Er lehnt sich über meine Brust. Ich weiß nicht, ob er mir gefällt oder ob mir nur sein Interesse schmeichelt. Denn immerhin bin ich gar nicht übel. Und das würde ich gerne von dir hören. Denn ich habe das auch für dich getan, mich in Schuss gehalten, mich diszipliniert, damit dir nicht schlecht wird, wenn ich mich ausziehe. Aber nichts. Mittlerweile ziehen wir uns im Dunkeln aus und machen die Badtür hinter uns zu, wenn wir duschen. Und beim Ficken, wenn es denn mal so weit kommt, machen wir das Licht aus. Jetzt spüre ich ihn, der Junge umfasst mich, bewegt langsam seine Hand mit einer Sanftheit, die mich die Augen öffnen lässt. Sein Gesicht hat er in meine Brust gegraben und leckt mir die Schweißtropfen ab, während er allmählich schneller wird. Der Orgasmus packt mich ganz unerwartet. Wie eine Art Kollaps, bei dem ich nichts anderes denken kann als an das erste Mal, als ich dir Blumen geschenkt habe. Weil ich dich so sehr liebte, dass mir ganz schlecht war. Weil ich dich bis zur Erschöpfung liebe und dich sogar verstehe, denn ich war nie ein einfacher Typ und habe diese Tendenz, den Spieß umzudrehen, und werde immer sauer, wenn du mir bestimmte Dinge erklärst. Jetzt lächelt der Junge mich schüchtern an. Er erwartet etwas von mir, er zeigt es mir, indem er sich zwischen die Schenkel schaut. Für einen Engel hat er ein ziemlich deutliches Geschlecht. Ich denke, dass alles ein Geben und Nehmen ist. Dass ich alles genommen und dir wenig gegeben habe. Dass du mich die ganze Zeit unglaublich geliebt hast, ohne jemals etwas zu verlangen. Dass ich auf dem Rückweg gleich bei einem Blumenladen vorbeigehen werde ... Der Junge nimmt meine Hand und legt sie sich auf den Schenkel. Da springe ich auf, verlegen wie ein Schuljunge, der sich auf der Toilette einen runtergeholt hat. In seinem Gesicht zeichnet sich eine Grimasse aus Überraschung und Enttäuschung ab. Auch er ist aufgestanden, wortlos verlangt er von mir, was ihm zusteht. Da schlage ich zu, ein Hieb ins Gesicht. Eine Faust in die Magengrube. So dass Herrgottnochmal meine Haut aufplatzt und mich nur noch eins interessiert, zuschlagen, hart zuschlagen, ihn auf dem Boden sehen, zerstört, vernichtet. Als er auf den glühenden Boden der Sauna stürzt, springe ich ihm auf die Brust, klemme seine Schultern zwischen meine Knie und schlage ihn so lange, bis meine Fingerknöchel zu bluten beginnen.

Jetzt geht's mir besser. Jetzt geht's mir richtig gut. Und ich liebe dich, verflucht noch mal. Und ich glaube nicht, dass ich ohne dich leben könnte, und zu Hause werde ich dich mit Blumen überschütten und dir alles sagen, was ich dir so lange nicht mehr gesagt habe, ohne etwas dafür zu erwarten … meine Angebetete, mein Engel.

Serpieris Anwalt gönnt uns nach der Lektüre eine kleine Pause. Für ihn ist alles klar, sein Klient hat unter starkem emotionalem Stress gestanden, er hatte mit seiner Frau gestritten …

Serpieri sagt nichts, nachdem er der Lektüre beigewohnt hat, ist er wie leer.

Der Anwalt erwartet eine Reaktion: »Geistige Unzurechnungsfähigkeit«, sagt er, »drei Jahre in der Anstalt und dann rehabilitiert.«

Ich sehe Serpieri in die Augen: »Haben Sie ihr die Blumen gekauft?«, frage ich.

Serpieri nickt, er habe sie gekauft. Er wirkt, als würde er jeden Moment zu weinen anfangen. »Ich wusste nicht, was ich tat, und er hätte nicht tun sollen, was er getan hat«, nuschelt er.

Parenzo sieht mich an, ich schaue auf die Uhr: »Wenn ich nicht mehr gebraucht werde«, sage ich, »würde ich gern zu Ende packen.«

Turin

Die Jungfrau des Millenniums

... Dort liegt er ausgestreckt auf seinem Bett, aus der Höhe blicken wir auf ihn herab wie Engel, die feste Materie überwinden und Ziegel durchdringen können wie auch das Holz, das sie zusammenhält. Die durch die große, halb leere Wohnung schweifen, bis sie ihn sehen, wie er dort unten auf seinem Bett liegt ... genau.

Giacomo Curreli liegt also, wir sagten es, ausgestreckt auf seinem Bett ... Wir sehen ihn: Sein Gesicht ist das eines Mannes, der gehofft hat, ganz woanders zu sein, vor allem jetzt. Die Mädchen haben angerufen: Wieso kommst du nicht? Du warst doch schon an Weihnachten nicht da und jetzt kommst du nicht mal an Silvester? Gebt mir mal die Mama: Das Kommissariat ist vollkommen unterbesetzt, eine Krankheitswelle bei Inspektoren, Beamten, Polizeimeistern und so weiter, ich kann einfach nicht weg. Ich war schon so gut wie am Flughafen und musste wieder umkehren. Es war einfach unmöglich, einfach unmöglich ... Für mich ist das doch auch nicht leicht ... Ja, ja, Marchini ist bei mir, aber er ist auch nicht ganz auf dem Damm, immerhin ist er da ... Für ihn ist das etwas anderes, er hat ja keine Familie, der Marchini.

Giacomo Curreli zieht sich hoch, bleibt eine ganze Minute auf dem Bett sitzen, die nackten Füße auf dem Boden. Als er beschließt aufzustehen, klingelt es an der Haustür.

Auch Marchini ist nicht gerade blendender Laune und folgt ihm durch das Wohnzimmer in die Küche.

»Klar, Silvester im Kommissariat zu verbringen …«, grummelt er vor sich hin.

Commissario Curreli würdigt ihn keines Blickes, er hält seine zwei Schritte Vorsprung: »Ich wollte mir gerade Kaffee machen, für dich auch einen?«, fragt er, ohne sich umzudrehen.

Marchini nickt. »Und zu Hause?«, fragt er dann.

»Alle ganz begeistert«, sagt Curreli ironisch und hört, dass Marchini sich hinsetzt. »Die Mädchen können es kaum erwarten, Silvester ohne ihren Vater zu verbringen … Ich mache den Kaffee normalerweise sehr stark, ist dir das recht?«

»Ja, ja, stark ist mir recht … Dieses Mal verlässt mich Giovanna definitiv.«

»Sie verlässt dich nicht, hör auf einen, der Erfahrung in solchen Sachen hat. Außerdem hättest du sie doch herkommen lassen können, ihr habt doch keine Probleme, keine Kinder. Ihr könnt eure Pläne doch jederzeit ändern.«

»Sie kennen ja nicht Giovannas Eltern, die machen uns ganz krank. Sie hatten schon alles in Terracina organisiert … aber lassen wir das …«

Der Kaffee blubbert, und wenn man genau hinhört, verflucht auch er die Situation.

Lucina hat grüne Augen. Augen von abgründiger Tiefe. Elena hat volle Lippen, ein einziges Kussversprechen. Marta sieht sie an. Sie sind glücklich. Sie sind aufgeregt: Vor ihnen liegt eine unüberschaubare Zahl an Stunden und Minuten und Sekunden voller Leben, drei komplette Tage Leben liegen vor ihnen. Könnt ihr euch das vorstellen? Endlich sind die Alten mal weg und nerven nicht. Von nach Weihnachten bis einschließlich Silvester. Festessen mit Brühwurst und Linsen und Evergreens zum Tanzen wie damals, als sie jung waren, und vielleicht erwacht das Feuer in ihnen. Sex. Dickbäuchige Papas und blondierte Mamas, die Sex haben. Sind ja auch freie Menschen.

Marta senkt den Kopf, solche Reden sind ihr peinlich. Lucina lacht: Sex, wiederholt sie, könnt ihr euch das vorstellen? Elena lacht mit aufgerissenem Mund.

Sie sind noch so jung und sie haben drei Tage ganz für sich allein.

Der Mann ist mager, schwarz gekleidet, er hat glatte, lange Haare, die ihm über die bärtigen Wangen fallen. Er durchquert den langen Flur, der im flackernden Licht Hunderter auf dem Boden stehender Kerzen erzittert. Er hat die Hände gefaltet, den Kopf gesenkt, seine feierlichen Schritte führen ihn zum Nordzimmer. Da klingelt das Telefon. Der Mann braucht unendlich lange, bis er am Apparat ist und abhebt. Auf dem Display steht eine unbekannte Nummer: 606060.

»Ja?«, sagt der Mann mit auffallend tiefer Stimme, während er die Nummer auf einem Zettel notiert.

»Was für eine schöne Stimme du hast«, seufzt eine Frau am anderen Ende der Leitung, »was hältst du davon, wenn wir uns treffen und eine Menge schmutziger Dinge tun? Ich habe große Lust, mich zu amüsieren, und du scheinst mir genau der Richtige dafür zu sein. Wie groß ist deiner?«

Der Mann macht keine Bewegung, sein Gesicht bleibt so

undurchdringlich, dass es auf die dunkle Wand in seinem Rücken gezeichnet zu sein scheint. Durch den Hörer vernimmt er das Glucksen von unterdrücktem Kichern.

»Du merkst wahrscheinlich, dass ich nicht allein bin«, keucht die Stimme. »Wir sind zu dritt und alle vom Teufel besessen, meinst du, du schaffst das?« Wieder Gelächter.

Der Mann fühlt sich nun sichtlich unwohl. »Wer bist du?«, fragt er, doch auf diese Frage scheint keine Antwort nötig zu sein.

Und tatsächlich ist am anderen Ende schon eingehängt worden. Auch der Mann legt auf.

Er nimmt seine Wanderung wieder auf, dieses Mal fiebriger. Sein hagerer Körper hat jegliche innere Haltung verloren, als er durch den Flur in das Nordzimmer geht. Es ist ein großer, mit schweren Vorhängen verdunkelter Raum. Man kann kaum atmen: Die Luft ist stickig und grau vom Weihrauch und legt sich wie eine Blase um das Zentrum. In diesem Zentrum steht ein Tisch, massiv wie ein Altar. Auf dem Tisch sieben Computer. Von dem mittleren Bildschirm, dem größten von allen, strahlt eine Ikone herab: ein Pantokrator mit stumpfen, schwarzen Pupillen, einem winzigen Mund und purpurfarbenen Lippen, an den Händen Froschfinger. Auf den anderen Bildschirmen weitere Bilder: Christi Geburt, der heilige Basilius, der Tod Mariens, die Auferstehung Christi, der Erzengel Michael, die Himmelfahrt Mariens …

»*Beachten Sie den Kniefall: das Beugen des Knies steht für den Sündenfall …*«, flüstert der Mann, als er sich vor den Bildern niederwirft. »*Das Sich-Erheben spielt auf die Buße an, das Symbol für ein tugendhaftes Leben …*« Und der Mann steht wieder auf.

Der Motor läuft, Marchini hat die Heizung angeschaltet. Curreli sitzt neben ihm und schweigt.

»Bardin bringt Pandoro und Sekt mit«, berichtet Marchini, während er in eine breite Straße einbiegt, die zum Präsidium führt.

»Pandoro schmeckt mir nicht«, erwidert Curreli knapp. »Kannst du die Heizung abstellen? Man erstickt ja hier drin.«

Marchini tut wortlos wie geheißen.

Eine triste Leere geht von dem halb verwaisten Parkplatz vor dem Präsidium aus. Marchini parkt genau vor dem Eingang. Curreli öffnet die Autotür, noch bevor der Wagen richtig steht, und springt hinaus. Eiseskälte schlägt ihm ins Gesicht, er legt sich schützend einen Handschuh auf den Mund. Marchini beobachtet ihn vom Auto aus, wartet, bis er durch das große Eingangstor verschwunden ist, dann erst steigt er aus. Scheiß Silvester.

Lucina legt unter ersticktem Gelächter den Hörer auf. Dann lässt sie sich in einen Sessel fallen.

»Was hat er gesagt?«, fragt Elena.

»Nichts, er hat gefragt, wer ich bin«, erwidert Lucina lachend. »Er hatte eine schöne Stimme, klang wie ein Ausländer …«

»Das ist doch alles kindisch«, beschwert sich Marta.

Elena sieht sie streng an. »Jetzt sei keine Spielverderberin«, mahnt sie.

Marta wickelt sich eine Haarsträhne um den Finger: »Ach komm«, meint sie, »Telefonstreiche …«

Lucina zuckt mit den Schultern: »Nie willst du bei irgendwas mitmachen«, wirft sie ihr vor. »Seit der Typ aus der 5b hinter dir her ist, glaubst du, du seist was Besseres …«

»Der Typ aus der 5b? Etwa der, den ich meine?«, fragt Elena verschmitzt. »Der Typ mit diesem Prachtarsch … diesem …« Sie findet keine bessere Formulierung.

Marta schnauft laut. Elena ist schon wieder total begeistert: »Der Typ, der mit der Bini gegangen ist?«

»Genau der. Wusstet ihr, dass er berühmt ist?«, ereifert sich Lucina. »Berühmt wegen seiner Maße«, fügt sie bösartig hinzu.

»Können wir bitte das Thema wechseln?«, schnappt Marta.

»Ach, komm schon … erzähl doch mal …«, bohrt Elena hartnäckig.

»Hat er ihn dir gezeigt?«, fragt Lucina.

»Ich habe ihm nur meine Mitschriften in Chemie geliehen«, erklärt Marta.

»Natürlich, bei den Chemiemitschriften fängt's an …« Elenas Stimme klingt schmierig.

»Mit dem würde ich's auf jede Art treiben …«, begeistert sich Lucina. »Hast du sein Paket nicht gesehen?«

»Ihr redet wie die Brummifahrer! Da sind ja sogar die Telefonstreiche noch besser … Warum machen wir nicht solche Frauensachen, was weiß ich … wir backen einen Kuchen und stopfen uns die ganze Nacht damit voll, lackieren die Zehennägel und depilieren uns die Beine.«

In Lucinas Miene zeigt sich nicht ein Hauch von Begeisterung. »Frauensachen, was? Bei mir zu Hause? Am 31. Dezember 1999? Sieh mal, es gibt nichts, was typischer ist für Frauen, als über Schwänze zu reden.«

Elena windet sich vor Lachen. Marta versteift sich. »Okay«, sagt sie. »Ich hab schon verstanden, ihr könnt ja so weitermachen, ich gehe jedenfalls in die Küche: Hast du Backpulver im Haus?«

Lucina zieht den Kopf zwischen die Schultern, als wolle sie sagen, keine Ahnung.

Marta verlässt das Nordzimmer und geht durch den Flur in die Küche, wobei sie Abdrücke im weichen Teppichboden hinterlässt.

Elena sieht Lucina an: »Sie ist noch nicht so weit«, flüstert sie. »Sie ist wie üblich noch nicht so weit.«

Lucina antwortet dem Blick der Freundin mit einem Stirnrunzeln, als kündige sich vom Himmel ein Gewitter an.

Und nun wieder zum Kommissariat: vier unglückselige, unverheiratete Polizeibeamte, die Schicht haben, der stellvertretende Polizeimeister Marzullo, Marchini und Commissario Curreli. Auch Bardin ist da: Er hat den Pandoro mitgebracht, einen ohne Pappkarton, der nur in Zellophan gewickelt ist; eines dieser Sonderangebote »Nimm drei – zahl zwei«, undefinierbare Marke, undefinierbare Farbe. Und ein trockener Sekt, Auslese.

Curreli zieht den Mantel aus, lockert die Krawatte, öffnet den obersten Knopf seines Hemdes und danach, da er schon dabei ist, auch den zweitobersten, genauso wie es sein Henker tun würde, bevor er ihn auf die Guillotine führt. Die Luft dort drinnen ist zum Schneiden. Selbst den Klogestank, der von den Toiletten herüberweht, empfindet er als Erleichterung. Obwohl sie kaum den Namen Toiletten verdienen: Es sind Scheißhäuschen! Richtiggehende Scheißhäuschen.

Dann das normale Programm: erfrorene Penner, vor dem Theater beklaute Nerzträgerinnen, Dealer auf dem Ball des Lions-Club, sogar die Katze im Rauchabzug fehlt nicht.

»Wegen der Katze müssen Sie sich an die Feuerwehr wenden!«, schreit Marchini ins Telefon, »das hier ist die Po-li-zei!«, erklärt er und rutscht dabei unwillkürlich in den römischen Dialekt ab.

Bardin zückt den Sekt, er hat ausgerechnet, dass er mit dem Öffnen der Flasche dreißig Sekunden vor Mitternacht beginnen muss, damit der Korken exakt um zwölf mit Beginn des neuen Jahres knallt. Der stellvertretende Polizeimeister Marzullo meint hingegen, die beste Methode sei es, alles vorzubereiten, den Korken bis zuletzt festzuhalten und dabei vielleicht ein wenig die Flasche zu schütteln.

Alles könnte an eine normale Nachtschicht denken lassen. Wenn Bardin nicht die Plastikteller und -becher vorbereitet hätte und dazu die roten Servietten mit Pluto und Micky Mouse darauf. »Die waren noch vom Geburtstag meines Neffen übrig«, erklärt er.

Curreli schließt die Augen. Er presst die Lider so fest aufeinander, dass ihm die Augäpfel wehtun. Ein Schrei explodiert in seinem Magen wie eine Ladung Dynamit, die ein Team von Pyrotechnikern im Sand vergraben und abgefackelt hat.

»Jeder Kniefall geht mit der inneren Anrufung Christi einher, denn nur wer sich mit Körper und Seele dem Herrn hingibt, vermag den Gott der Körper und der Seelen gnädig zu stimmen …« Der Blick des hageren Mannes hängt gebannt auf dem Pantokrator, der von dem großen Bildschirm des zentralen Computers herableuchtet. Er betet.

»Sollen wir noch jemanden anrufen?«, schlägt Elena vor.

»Ich habe keine Lust mehr«, erwidert Lucina und streckt ein Bein zur Freundin hin aus. »Findest du sie zu dick?«, fragt sie, während sie ihre Wade erforscht.

»Du und dick?«, fragt Elena erstaunt. »Wenn ich deine Figur hätte …«

Das Gespräch erstirbt. »Marta?«, fragt Lucina nach ein paar Minuten Schweigen.

»Sie ist bestimmt in der Küche und backt ihren Kuchen …«, antwortet Elena mit einem Gähnen.

Beide versuchen zu lächeln, doch sie wissen, dass es vorbei ist.

»Ich möchte, dass es bald geschieht«, denkt Lucina laut. »Ich halte diese Situation nicht mehr lange aus, glaube ich. Und nach heute Nacht wird das Leben nicht mehr dasselbe sein.«

Elenas Blick wird unruhig: »Welches Leben?«, fragt sie.

»Das hier«, erwidert Lucina nur und vollführt eine ausholende Armbewegung. »Das hier«, wiederholt sie begeistert. »Hast du nicht auch das Gefühl, dass etwas wirklich Aufwühlendes passieren muss, etwas, für das es sich lohnt, morgens aufzustehen?«

»Meinst du einen Mann?«, versucht es Elena.

»Du weißt schon, was ich meine. Etwas, das ein Zeichen setzt.«

In diesem Moment kommt Marta herein. Elena und Lucina verstummen sofort. »Habt ihr etwa Geheimnisse vor mir?«, fragt sie. »Es ist kein Backpulver da«, teilt sie den Freundinnen dann mit, ohne eine Antwort abzuwarten. »Jetzt steh ich schön blöd da, der Teig ist fertig und das Backpulver fehlt.«

Elenas und Lucinas gleichgültige Blicke sind Antwort genug.

»Ich habe es so satt, dass ich rausgehen könnte und jemanden umbringen«, sagt Lucina, während Marta zu ihrem Kuchen zurückkehrt.

»Um wie viel Uhr kommt Ettore?«, fragt Elena Lucina, als sie wieder allein sind.

Lucina sieht auf die Uhr. »In einer Stunde etwa … gegen Viertel nach sieben.«

»Bist du sicher, dass er es nicht rumerzählt hat?«, drängt die andere.

Lucina zuckt mit den Schultern: »Und wenn schon? Sein Wort gegen unseres.«

»Ja, aber wenn er das Haus beschreibt?«

»Na, dann war er halt zum Lernen hier … willst du etwa kneifen?«

Elena beeilt sich, einen anderen Blick aufzusetzen: »Nein, ich frage ja nur, du weißt doch, wie Jungen sind, für sie ist es wichtiger, damit herumzuprahlen, als es zu tun.«

»Er wird schon nichts sagen … Und abstreiten können wir dann immer noch, einfach alles abstreiten.«

»Ich bin aufgeregt … Und ich mache mir Sorgen wegen Marta: Sie spielt nicht mit …«

»Du wirst schon sehen, dass es ihr gefallen wird: Schließlich will sie auch nicht ihr Leben lang Jungfrau bleiben.«

Elena will gerade antworten, da klingelt das Telefon.

»Meine Eltern«, stöhnt Lucina und geht zum Apparat.

Und wenn du mit den Händen in eine stille Arbeit vertieft bist, während du im Geiste betest, um den Schlaf und die Nachlässigkeit fern zu halten, so ist auch dies ein Teil des asketischen Beginnens … Und tatsächlich haben die Finger des Mannes ganz ruhig die Nummer gewählt, die auf dem Zettel neben dem Telefon steht: 606060.

Lucina hebt beim dritten Klingeln ab: »Papa … Alles in Ordnung!«, ruft sie voreilig.

»Dann sah ich aus dem Maul des Drachen, aus dem der Bestie und aus dem Mund des Propheten drei unreine Geister entfleuchen, gleich Fröschen …« Der Mann bricht ab, um dem stockenden Atem des Mädchens zu lauschen … Er kann sie jetzt vor sich sehen, am anderen Ende der Leitung. Er sieht, wie sie totenbleich wird.

»Wer … ist … da?«, stammelt Lucina. Sie keucht jetzt angestrengt, als nehme ihr das wilde Herzklopfen den Atem.

Der Mann fährt fort: »Es sind die Geister der Dämonen, die Wunder tun und zu den Königen der ganzen Erde gehen, um sie zur Schlacht zu versammeln, am großen Tag des Allmächtigen Gottes.«

Lucina wirft den Hörer auf die Gabel.

Marchini fläzt sich mit hochgelegten Beinen vor seinem Schreibtisch und erforscht mit dem Finger die Nasenlöcher. Am liebsten würde er bis an die Nasenwurzel vordringen. Er ist entspannt, als läge er am Strand unter einer Palme und betrachtete einen Sonnenuntergang. Er glaubt sich unbeobachtet und sein Finger scheint ein wahres Eigenleben zu führen, vollführt immer neue und gewagtere Verkrümmungen. Doch Curreli beobachtet Marchini mit einer Mischung aus Zärtlichkeit und Abscheu. Er schweigt, solange die beiden Empfindungen sich die Waage halten, und beschließt erst, als die Abscheu die Oberhand gewinnt, etwas zu sagen. Marchini macht genussvoll weiter, taucht den Finger in die Nase ein, zieht ihn mit Schleim benetzt heraus, den er mit kreisförmigen Bewegungen zwischen Zeigefinger und Daumen zu einem grünlichen Kügelchen formt und in die Umlaufbahn schickt.

Bei der dritten Umlaufbahn steht Curreli auf, geht auf ihn zu und spricht: »Du bist ein Schwein, Marchini, einer von denen, die sich so lange nicht unter den Achseln waschen, bis sie Schimmel ansetzen, und ich wette, wenn du dir hier drinnen die Schuhe ausziehst, gehen selbst die Pflanzen ein.«

Marchini ist so überrascht, von seinem Nasenkoitus auf die Erde zurückgerissen, dass er fast vom Stuhl fällt: »Ja?«, fragt er den Commissario mit der Naivität eines Kindes.

»Ja was?«, gibt Curreli zurück.

»Wollen Sie etwas von mir?« Marchini hat sich fast schon wieder gefangen.

»Nein, ich habe lediglich eine hygienische Bestandsaufnahme vorgenommen«, schneidet Curreli ihm das Wort ab und wirft eine Packung Papiertaschentücher auf den Tisch.

Marchini sieht ihn erstaunt und gekränkt an.

Zwei Beamte, der stellvertretende Polizeimeister Marzullo und Bardin, kleben mit den Blicken am Fernsehschirm, auf dem ohne Ton die Silvesternacht übertragen wird.

Curreli kehrt zu seinem Schreibtisch zurück mit dem festen Vorsatz, hin und wieder auch etwas Positives von sich zu geben, um nicht immer die eigene Frustration am ersten Besten auszulassen, der ihm über den Weg läuft.

Marchini spürt mit winzigen Bewegungen den Ausdünstungen seiner Achseln nach und ist vom Ergebnis durchaus angetan: Der Commissario muss immer übertreiben, aber ist ja auch logisch, dass er genervt ist, oder?

»Das war wieder er!« Lucinas Stimme wirkt leicht abwesend, während sie kontrolliert, dass der Hörer richtig aufgelegt ist.

»Wer er?«, fragt Elena aufrichtig besorgt.

»Der Mann von eben«, erklärt Lucina, ohne etwas zu erklären.

»Welcher Mann von eben?«, fragt Elena aggressiv.

»Der Mann vom Telefonstreich eben«, erklärt Lucina, doch sie ist abwesend, so als spräche sie von etwas, das sie nichts angeht. »Diese Stimme … Es ergab keinen Sinn, was er sagte.«

»Das ist unmöglich, woher hat er nur die Nummer?«

»Ich weiß es nicht! Scheiße, musst du mich immer nerven? Ich weiß nicht, wie er das gemacht hat! Vielleicht hat er mich wiedererkannt. Ich habe ja nicht irgendeine Nummer gewählt.

Ich habe einen angerufen, der hier im Palazzo wohnt. Ein unglaublicher Typ, völlig ausgeflippt.«

»Und wenn er ein Triebtäter ist?«

»Danke, jetzt geht's mir echt besser ...«

»Ich mein ja nur ... vielleicht irrst du dich ja auch und es ist gar nicht der von eben.«

»Er ist es, wenn ich's dir doch sage ... diese Stimme ... Wo verdammt ist denn nur Marta geblieben?«

»Keine Ahnung, in der Küche ... was weiß ich?«, tippt Elena und steht auf: »Ich seh mal nach«, sagt sie.

Lucinas Miene ist wie versteinert, sie denkt an etwas anderes, verfolgt einen Gedanken, der ein Lächeln auf ihre Lippen zeichnet. Ohne den Kopf zu bewegen, tastet sie über den Tisch seitlich von ihr, findet das Zigarettenetui, öffnet es, nimmt eine heraus, steckt sie sich zwischen die Lippen, dann ergreift sie mit derselben Bewegung einen kleinen Zinndrachen, hebt ihn sich vors Gesicht und drückt auf seinen Leib. Der Drache gibt ein trockenes Klacken von sich, die metallenen Lefzen öffnen sich und eine kleine Flamme schnellt hervor.

Lucina lässt gerade den ersten Zug aus dem Mund strömen, als Elena ganz aufgelöst zurückkommt: »Marta ist weg!«

Wenn das Holz erklingt, kommst du aus der Zelle, die Augen des Körpers auf den Boden gerichtet, doch den Geist auf die Erinnerung an Gott gestützt. Vielleicht ist damit dieser leise Ton gemeint, wie von Fingerknöcheln, die an eine Tür pochen. Der Mann wacht auf, verloren in ferne Gedanken. Und tatsächlich klopft da jemand an die Tür. Mit gesenktem Kopf geht er durch den Flur. Es klopft noch einmal. »Wer ist da?«, fragt er.

Die Stimme, die nun das dunkle Rechteck durchdringt, ist die eines Mädchens, eines Kindes fast: »Entschuldigen Sie. Ich backe gerade einen Kuchen und da hab ich gemerkt, dass ich kein Backpulver habe.«

Die Tür gibt ein kaum wahrnehmbares Klicken von sich. Marta tritt einen kleinen Schritt zurück. Der Mann steht im Schatten seiner Wohnung.

Akzeptiere mutig alles Gegenläufige, das von außen auf dich einströmt, denn das verschafft dir die Geduld, welche deine Rettung sein wird …

»Es ist sonst niemand im ganzen Haus …«, sagt Marta und hofft, dass man ihrer Stimme die Reue nicht anmerkt, sich so weit vorgewagt zu haben …

Der Mann macht keine Bewegung, durch die halb offene Tür tanzt ein unstetes, gelbliches Licht auf den Korridor. »Ich schau mal nach«, lässt er schließlich mit einer Stimme vernehmen, die aus den Eingeweiden der Erde zu kommen scheint. Dann verschwindet er in Richtung Küche und lässt den flackernden Türspalt unbeaufsichtigt.

Marta steht allein auf dem Treppenabsatz vor der halb offenen Tür und kann der Versuchung nicht widerstehen, die Quelle dieses flackernden Lichts ausfindig zu machen. Sie tritt an die Tür und stößt sie ein wenig auf, um besser in den Wohnungsflur sehen zu können, aus dem ihr ein beinah greifbarer Geruch entgegenschlägt. Kerzen, eine ungeheure Menge Kerzen. Jetzt hat sie einen Schritt in die Wohnung hinein getan, angezogen von dem unbeständigen Schein, der vom Ende des Flurs ausgeht. Vielleicht ist nur ein Augenblick vergangen, vielleicht Minuten, doch der Mann kommt nicht zurück und eigentlich sollte sie wieder gehen. Zumindest würde der gesunde Menschenverstand das raten. Eine Kerze ist zu Boden gefallen und ergießt sich nun als wächsernes Magma. Marta stellt sie wieder auf, bevor sie ausgeht …

»Silvester ist nicht überall zugleich«, erklärt Marzullo gerade. Bardin sieht ihn zustimmend und gleichzeitig abwesend an, wie jemand, der einer Sache lauscht und an eine andere denkt. »Wie Gleitzeit, weißt du?«, erklärt Marzullo. »So etwas in der Art: Wenn man viel Geld hat, kann man zweimal feiern, zweimal das Ende des Jahrhunderts feiern.«

»Aber ich habe gelesen, dass die eigentliche Jahrhundertwende erst nächstes Jahr stattfindet«, meint ein anderer Beamter.

Marzullo würdigt ihn keiner Antwort, sondern sieht ihn nur mitleidig an. »Sieh mal nach, was der Herr dort will«, befiehlt er und zeigt auf einen alten Mann, der gerade das Kommissariat betreten hat.

Marchini hat wohl schon eine Million Anzeigen wegen illegalen Besitzes von Feuerwerkskörpern aufgenommen, von wegen *omertà* und nachbarschaftlicher Zusammenhalt …

Curreli sieht das Telefon auf seinem Schreibtisch an, dann streckt er die Hand aus und streicht über den Apparat: »Alles Gute, alles Gute, alles Gute …«, wiederholt er wie ein Mantra.

Als der Mann aus der Küche kommt, ist der Korridor leer, die Wohnungstür steht offen. Mit wenigen Schritten steht er auf dem Hausflur, schaut ins Treppenhaus hinab, hört jemanden hinuntergehen. Das Mädchen mit dem Backpulver? Er beugt sich noch einmal übers Geländer, ein lauter, heftiger Streit zwischen zwei Frauen einige Etagen tiefer, er kann sie nicht genau verstehen, sie reden sehr schnell … Dann ein paar Sekunden Stille, unten fällt die Haustür ins Schloss.

Der Mann wartet eine Weile, schließlich, ohne zu wissen, warum, beschließt er in den Hof hinunterzugehen.

Sechs Treppen und er steht vor dem Palazzo, im Hof, in der Kälte: Es ist sieben Uhr abends und stockdunkel. Die eisige Luft lässt seine Lippen erbeben. Nicht einmal der dünne Flaum seines Schnurrbarts vermag den Mund vor dieser Ohrfeige zu schützen. Doch der Himmel strahlt eine verwirrende Schönheit aus, so weit und klar. Und der Mond ist ein Bullauge aus blendendem Licht. Vom Haustor bis in den Hof sind es nur wenige Schritte. Alles scheint stillzustehen, das muss man ausnutzen, sich an der Stille laben, solange sie da ist. Und am glänzenden Schwarz und am goldenen Glitzern der Sterne, und am herben Geschmack des Eises. Vom Hof bis zum Haustor sind es nur wenige Schritte, die sind schnell abgesucht. Und da sieht er sie. Dasselbe Mädchen, das bei ihm war, ausgestreckt hinter einem Geißblattbusch. Dann sieht er einen jungen Mann herankommen. Er kann sich gerade noch rechtzeitig ducken, bevor der Junge ihn bemerkt. Kurz darauf erreichen die aufgeregten Schritte des jungen Mannes das Haustor, ein wildes Klingeln ertönt und das Haus verschluckt ihn.

Der Mann richtet sich auf, sieht noch einmal zu dem reglosen Körper des Mädchens. »Eine Kerze ist verloschen«, murmelt er leise …

»Marta, sei nicht so doof.« Elena ist den Tränen nah, während sie durch die Wohnung streift. Sie hat überall nachgeschaut. In den Schlafzimmern, im Wohnzimmer, im Büro, sogar in den Bädern hat sie gesucht, ohne zu merken, dass sie inzwischen alleine ist. Elena hasst es, allein zu sein, sie hat schreckliche Angst, wenn sie allein ist. Sie schaut sich noch einmal um: Lucina ist nicht in der

Wohnung. Die Tür steht offen. »Lucina?«, flüstert sie und tritt auf den Treppenabsatz.

Lucina kommt von unten die Treppe herauf. »Nichts«, teilt sie mit. »Marta ist weg.«

»Vielleicht war sie sauer und ist nach Hause gegangen oder sie hat sich versteckt und will uns einen Streich spielen«, meint Elena mit einer Stimme, als sei sie gerade aus einer Ohnmacht erwacht.

»Hast du die Wohnung genau durchsucht?«

Elena nickt eilig.

»Ich bin bis in die oberste Etage gegangen und nach unten bis in den Hof, nichts … Sie ist nach Hause gegangen, die feige Nuss!«, schließt Lucina.

Elena reibt sich das Gesicht mit den Händen. »Vielleicht sollten wir die Polizei rufen«, überlegt sie. Dann verdüstert sich ihre Miene: In Lucinas Blick liegt keine Spur von Sorge.

Lucina lächelt: »Dieses Silvester wird immer spannender, sehr viel spannender, als ich je gedacht hätte …«

Ein wildes Klingeln lässt sie zusammenfahren. »O mein Gott, das ist er, der Mann vom Telefon!«, schreit Elena kurz vor einer Panikattacke.

Lucina sieht auf die Uhr: Viertel nach sieben. »Das wird Ettore sein«, sagt sie.

Es ist tatsächlich Ettore, der nicht sehr glücklich aussieht, da zu sein …

Marchini nähert sein Gesicht dem des Mädchens: »Sie atmet nicht«, verkündet er.

Curreli steht neben dem befrackten stellvertretenden Staatsanwalt Perassi. Die beiden wirken wie ein Gentleman aus einer anderen Zeit und der ewige arme Teufel. Lucina, Elena und ein dicker Junge stehen ein wenig abseits. Marzullos erfahrene Hand hält sie in einem Netz aus Zeugenaussagen fest.

»Der Gerichtsarzt?«, fragt Perassi.

»Sie versuchen ihn gerade aufzutreiben«, erwidert Curreli.

Der stellvertretende Staatsanwalt sieht auf seine Rolex: noch vier Stunden bis Mitternacht.

»Noch etwa vier Stunden bis Mitternacht«, sagt er.

»Stimmt«, bestätigt Curreli. »Ein toller Rutsch.«

Perassi sieht ihn mit erhobener Augenbraue an.

»Es gibt keinen Grund für Sie, hier zu bleiben, Sie müssen sich nicht auch noch das Fest ruinieren. Wir warten hier auf den Gerichtsmediziner. Machen Sie sich keine Sorgen, Dottor Perassi, ich halte Sie auf dem Laufenden.«

Perassi sackt ein wenig in sich zusammen. Dann richtet er sich wieder auf: »Ich lasse Ihnen meine Handynummer da. Sie können mich jederzeit anrufen. Verstanden?«

»Marta Simi«, notiert sich Marzullo gerade. »Alter: sechzehn.« Elena nickt mit aufeinander gepressten Lippen. Lucina starrt vor sich hin. »Und jetzt eure Personalien«, fährt Marzullo fort.

»Elena Conti. Sechzehn Jahre.«

»Lucina Armanti. Sechzehn Jahre«, leiert Lucina und sieht dabei den dicken Jungen neben sich an.

Er gibt den sorgenvollen Blick zurück. »Ettore Raggi«, sagt er schließlich. »Neunzehn Jahre. Aber ich weiß nichts …«

Das Blaulicht pulsiert nicht mehr über die dunklen Wände der Wohnung. Jetzt muss die Entscheidung fallen, weitermachen oder aufhören. Seine Aufgabe hat er im Grunde schon erfüllt: Er hat die Schriften zitiert … Und die Strafe ist eingetroffen: Eine Kerze ist erloschen.

»Was soll ich tun?«, fleht er das undurchdringliche Gesicht des Racheengels an, das auf einem Computerbildschirm flackert. »Was soll ich tun?«

»Die Familien der Mädchen?«, fragt Curreli und fährt sich durch die Haare.

»Sind alle benachrichtigt, denen haben wir die Feier gründlich verdorben.« Marchini unterdrückt ein Gähnen.

»Hm.«

»Was hat der Gerichtsarzt gesagt?«

»Erdrosselt«, fasst Curreli zusammen und wirft ihm eine Aktenmappe zu.

Marchini fängt sie auf und schaut kurz hinein: Spuren von Mehl und Eiern unter den Fingernägeln, an einem Ärmel des Kleides und auf einem Schuh Wachsflecken. Ableben zwischen 18.00 und 19.10 Uhr, dem Zeitpunkt des Leichenfundes. Das Opfer hat sich nicht gewehrt.

»Der Junge, der sie fand, hat uns eine haarsträubende Geschichte aufgetischt, irgendetwas von wegen Mitschriften aus dem Unterricht.«

»Mitschriften?«, fragt Marchini überrascht. »Er ist drei Jahre älter als die Mädchen.«

»Tja, er behauptet, sitzen geblieben zu sein …«

»Wer's glaubt, wird selig!«

»Schick ihn mal zu mir, los, das will ich mit eigenen Ohren hören …«

Der Junge kommt herbei. Marchini bittet ihn, sich zu setzen. Ettore Raggis Bizepse scheinen die Ärmel des Hemdes zu sprengen.

»Also«, beginnt Curreli, »da Sie ja diverse Klassen wiederholt haben, wie Sie angegeben haben, wird es Ihnen sicher nichts ausmachen, uns noch einmal zu wiederholen, was passiert ist.«

Der Junge versucht zu lächeln, er ist schlecht rasiert, eine kleine verkrustete Schnittwunde zeichnet eine dunkle Spur in seinen Mundwinkel. »Ich musste einige Mitschriften abholen«, fängt er an, doch der Anfang führt zu nichts, er stockt.

»Und dann?«, ermutigt ihn Curreli.

»Und dann bin ich zu Lucina Armanti gegangen ... Sie ist die Klassenbeste.«

»Hatten Sie es so eilig oder warum mussten Sie die Aufzeichnungen gerade am Silvesterabend abholen?«

»Lucina sagte, es sei egal, sie sei sowieso zu Hause, da ihre Eltern weg sind ...«

»Sind wir sicher, dass es hier um die Mitschriften ging?« In Currelis Stimme schwingt ein verschwörerischer Unterton mit.

Der Junge grinst. »Wen interessiert das schon?«, fragt er. »Hätte auch ein spaßiger Abend draus werden können: Ich hatte nichts zu tun, ich lebe bei meinem Bruder und seiner Frau, da ist das mit dem Spaß so eine Sache ...«

»Dann gab es also noch andere Pläne, über das Lernen hinaus?« Dieses Mal ist es Marchini, der sich einmischt.

»Nein, was für Pläne denn, nur so, ein bisschen reden ... Das ist ja nicht verboten, oder?«

»Nein, das ist nicht verboten ... Also weiter, Sie kamen zum Reden und fanden sie dann, das Opfer, meine ich ...«

»Ich habe ihre Füße gesehen, die aus dem Gebüsch ragten«, präzisiert Ettore Raggi.

»Ja, gut, was genau haben Sie dann getan?« Curreli atmet tief durch. Marchini sieht ihn ermutigend an.

»Ich bin hochgerannt und habe Lucina und Elena informiert, dann haben wir Sie angerufen.«

»Und im Hof war sonst niemand?«

Ettore Raggi schüttelt den Kopf.

Marchini nimmt noch vor dem dritten Klingeln den Hörer ab. Er lauscht ein paar Sekunden hinein, dann zieht er mit einem Wink Currelis Aufmerksamkeit auf sich. »Dottor Perassi«, flüstert er, während er mit der Hand die Sprechmuschel zuhält.

Curreli greift nach dem Hörer: »Dottore ... Ja, ja ... Nein ... Noch nichts Definitives, die Situation ist übrigens ... Natürlich. Das wurde in der Rechtsmedizin bestätigt: erdrosselt. Eine schnelle Sache, kräftige Hände ... Fürs Erste haben wir den Jungen hier behalten ... Ja, diesen Raggi ... Obwohl man aus dem auch nicht schlau wird ... Ehrlich gesagt, ja: Ich habe da so eine Idee, ich lasse sie gerade überprüfen ... Nein, keine Geheimnisse: Ich glaube, das war so eine Teenagergeschichte, also genauer gesagt zwischen den drei Mädchen und Raggi ... Ja, wir warten noch auf die Analysen zu den Wachsresten ... Nein, die Sache mit den Fingernägeln haben wir bereits aufgeklärt: Das Opfer war gerade am Kuchenbacken, das behaupten zumindest die Freundinnen, und es gibt keinen Grund, daran zu zweifeln ... Also, aus dieser Warte betrachtet, liegt der Fall klar: Die Eltern waren weg und die Mädchen haben sich im Haus der Armantis getroffen, um auf ihre Weise Silvester zu feiern, immerhin sind sie nicht wer weiß wohin gegangen ... Ja, ja, Sie wissen doch, wie die Kinder in diesem Alter sind: Das ist schon was Besonderes, wenn die Eltern mal weg sind ... Nein, für eine offizielle Anklageerhebung schien es mir noch etwas früh ... Dieser Raggi macht gerade seine Aussage bei Marchini ... Ja, keine Sorge: alles unter Kontrolle … Nein, noch nicht, die Presse ist Gott sei Dank anderweitig beschäftigt …«

Marzullo tritt kurz vor Ende des Telefongesprächs an Currelis Schreibtisch: »Wir haben jede Handbreit des Hofs überprüft, Commissario: nichts.«

»Und Raggi?«

Marzullo blickt eifrig auf seinen Notizblock, der wie ein Messbuch aussieht: »Den Bruder und die Schwägerin haben wir im Mambo Kings aufgetrieben, sie hatten keinen Schimmer von den Plänen des Jungen … Wenn ich mir eine Bemerkung erlauben darf …«

»Nur zu, Marzullo.«

»Na ja, man hat nicht den Eindruck von besonders soliden Familienverhältnissen … Das Geld ist knapp … Der Raggi versucht sich mit Gelegenheitsarbeiten über Wasser zu halten, ich habe mir eine kurze Überprüfung erlaubt … Allein heute Nachmittag hatte der Junge Ausgaben von rund fünfhundert Euro …«

»Hm, nicht schlecht …«

Ettore Raggi senkt den Kopf: »Ich hatte ein bisschen was gespart«, sagt er.

Marchini sieht ihn lange an: »Gespart«, wiederholt er. »Und dein Bruder sagt, dass du seit mindestens zwei Monaten keine Arbeit mehr hattest.«

»Ach ja? Sagt er das? Der hat doch keine Ahnung!«

»Dann erzähl du mir doch, wie die Dinge liegen.«

Ein Zucken geht durch Ettore Raggis massigen Körper: »Ich darf nicht darüber reden.«

»Dann sieht die Sache aber sehr schlecht für dich aus.«

»Ich habe das Geld bekommen …«

»Von wem und wofür?«

»Darüber darf ich nicht reden.«

»Dafür, dass du Marta Simi erwürgt hast?«

Ettore Raggis Gesicht läuft tiefrot an: »Wie bitte?«, schreit er. Erst jetzt hat er begriffen, in welcher Situation er sich befindet. »Nein«, jammert er. »Es ist nicht, wie Sie glauben!«

»Wir haben überall nach Marta gesucht, sie war plötzlich verschwunden, ich bin durch die ganze Wohnung gelaufen …« Elenas Stimme klingt wie die eines kleinen Mädchens. »Lucina ist sogar hinausgelaufen …«

»Wie kam es, dass euch ihre Abwesenheit nicht gleich aufgefallen ist?« Curreli bemüht sich um einen sanften Tonfall, dabei ist er ziemlich müde.

»Sie war in der Küche und machte da ihren Teig …«

»Dann wart ihr euch über die Pläne für diesen Abend also nicht ganz einig.«

Elena sieht zu Boden. »Lucina wollte ein bisschen Spaß haben …«

»… mit dem Jungen«, ergänzt Curreli.

Marzullo unterbricht ihn. »Commissario, da ist etwas, das Sie sich vielleicht selbst anhören sollten«, sagt er.

Die Frau ist um die siebzig. »Ich wohne neben ihnen«, sagt sie mit fester und zugleich zittriger Stimme. »Ich habe das ganze Hin und Her mitbekommen, Polizeiwagen und Krankenwagen, da habe ich zu mir gesagt, das könnte vielleicht wichtig sein.«

Curreli möchte alles andere als ungeduldig erscheinen, aber es ist 21.30 Uhr und Silvester und eigentlich hätte er vor fünf

Stunden in sein Flugzeug steigen sollen, und … »Kommen Sie bitte zum Punkt«, sagt er schärfer als beabsichtigt.

Die Frau sieht ihn an wie einen ungezogenen Buben: »Ist das Ihre Art, mit Staatsbürgern umzugehen, die der Justiz helfen möchten?«, fragt sie.

Curreli holt Luft, hauptsächlich schlechte Luft. »Entschuldigen Sie«, brummelt er.

»Also gut«, fährt die Frau fort. »Ich mache abends immer einen kleinen Spaziergang, mit dem Hund. Um fünf nach sieben war ich auf dem Innenhof des Palazzos, wo ich einen Mann gesehen habe.«

Currelis Anspannung sackt unvermittelt in sich zusammen. »In Ordnung, danke«, meint er kurz. »Wir haben den Mann bereits festgenommen, den Sie gesehen haben.«

»Meinen Sie etwa den hier?«, fragt die Frau ironisch und zeigt auf Ettore Raggi, der zwei Schreibtische weiter sitzt. »Der Mann, den ich gesehen habe, ist ein anderer! Ein sehr seltsamer Mann«, fährt sie fort. »Ganz in Schwarz gekleidet und sehr dünn mit langen Haaren. Ja. Sein Gesicht habe ich nicht gesehen, aber ich bin mir ganz sicher«, schließt sie.

Ettore Raggi ist sehr nervös geworden. Er hat niemanden gesehen, wiederholt er … Im Hof war niemand, kein seltsamer Mann … Als er kam, das muss so um zehn nach sieben gewesen sein, war das Mädchen bereits tot …

Elena sieht Lucina an, Curreli betrachtet beide.

»Ein Mann im Hof? Das war bestimmt er!«, offenbart sie dann.

Lucina fährt wütend hoch. »Dumme Kuh!«, zischt sie.

Curreli setzt sich in seinem Stuhl auf und fragt: »Wer er?«

Elena sieht immer noch Lucina an: »Wir wollten nur ein bisschen Spaß haben … das waren harmlose Streiche … Wir haben jemanden aus dem Haus angerufen, der dann zurückrief …«

Dottor Perassi hat noch Konfettireste auf dem Jackett seines Smokings. »Sie haben Telefonstreiche gemacht?«, fragt er, doch die Frage ist rein rhetorischer Natur. Curreli macht sich nicht die Mühe zu antworten. »Das ändert natürlich alles«, sagt der stellvertretende Staatsanwalt verdrossen. »Das ändert alles.«

»Ja«, stimmt ihm Curreli zu. »Der Mann hat sie zurückgerufen: Telefon mit Display. Er hat sich die Nummer aufgeschrieben. Ich lasse gerade die Nummern überprüfen, die die Mädchen angewählt haben … Sie sagen, dass sie höchstens zehn Leute angerufen haben: Also so viele sind rangegangen, natürlich.«

In diesem Augenblick wedelt Marchini mit einem Computerausdruck durch die Luft. »Sehen Sie sich das an«, sagt er und zeigt auf eine mit gelbem Marker hervorgehobene Zeile: »Dieselbe Adresse, dasselbe Wohnhaus! Sie hatten ihn zwei Etagen über sich, den seltsamen Mann …«

Curreli ist so gut wie überzeugt: »Ja«, sagt er, »aber lass trotzdem auch noch die Adressen zu den anderen Nummern überprüfen. Um zusammenzufassen«, wendet er sich wieder an Perassi, »drei Mädchen haben am Silvesterabend nichts Besseres zu tun, als sich ans Telefon zu hängen und andere Leute zu nerven, und dann haben sie einen Anruf zu viel getätigt …«

»Mädchen!« Currelis Stimme ist die eines Mannes, der mitten in einem Alptraum steckt.

»Mist!«, schreit Marchini. »Wir haben sie nach Hause geschickt, damit sie da auf ihre Eltern warten, sie hatten ja nichts getan!«

Am anderen Ende der Leitung verlangt der stellvertretende Staatsanwalt Perassi nach Aufklärung über die Aufregung.

»Wir müssen uns beeilen«, sagt Curreli und legt ohne Gruß auf. »Ich will diesen Mann hier auf dem Kommissariat haben, bevor er den Mädchen etwas antun kann. Wir haben die Beschreibung der Alten, die ihn auf dem Hof gesehen hat. Holen wir ihn ab und machen eine Gegenüberstellung. Wir dürfen keine Zeit verlieren!«, ruft er mit Blick auf Marchini, der in die Gegend stiert, anstatt sich zu beeilen.

»Diese Wahnsinnige hat uns alles kaputt gemacht!«, schreit Lucina gerade.

Elena hört ihr wie versteinert zu.

»Und was sage ich jetzt meinen Eltern? Es wird alles rauskommen!«

»Was soll denn schon rauskommen? Das war sowieso eine blöde Idee, wenn du es genau wissen willst.«

»Ach ja? Die Idee war klasse, richtig klasse!«

»Na ja, einen Mann für so was zu bezahlen … ja, für so was … Und dann mit mir, wo ich eh noch nie auf Raggi stand …«

»Was hat das denn damit zu tun, ob du auf ihn stehst oder nicht? Wir hatten es doch so abgemacht, oder?«

»Du hattest es mit ihm abgemacht.«

»Na toll, jetzt machst du also auch noch 'nen Rückzieher?«

Elena streckt die Beine auf dem Sofa aus: »Lucina, hör zu«, sagt sie dann. »Vielleicht solltest du etwas wissen … Über mich, meine ich, ja, also, weißt du: Ich bin keine Jungfrau mehr.«

Lucina reißt die Augen auf. Sie starrt sie an, als sähe sie sie heute zum ersten Mal.

Die Wohnungstür steht offen.

»Was ist das bloß für ein Ort …«, meint Curreli, während er seine Dienstwaffe lädt. Marchini und Bardin folgen ein paar Meter hinter ihm. Die Stille ist fast schmerzhaft und ein beißender Geruch liegt in der Luft.

»Was für ein Ort«, echot Marchini. Zwei Reihen erloschener Kerzen säumen den Flur. Marchini macht Curreli ein Zeichen: Wollen wir wetten, dass es sich um dasselbe Wachs handelt, das wir an dem Mädchen gefunden haben?, bedeuten Blick und Geste. Curreli winkt ihm zu: Du hast Recht, das Mädchen war hier!, heißt das.

Schritt für Schritt erreichen sie das Zimmer, das nach Norden hinausgeht. Der Computeraltar, die schweren Vorhänge, die flackernden Ikonen …

»Wo verdammt sind wir denn hier gelandet?«, fragt Bardin.

Curreli bedeutet ihm zu schweigen: »Wenn der Mann noch in der Wohnung ist, versteckt er sich irgendwo.«

Die Pistolen im Anschlag, in einem Nichts aus angespannter Erwartung, durchsuchen sie die Wohnung, jeden Raum, jeden Winkel: nichts.

In diese Stille hinein beginnt Currelis Mobiltelefon zu vibrieren. Ihm entfährt ein leises »Scheiße«, doch er schafft es, noch vor dem ersten Klingeln das Gerät abzuschalten.

Dann hören sie plötzlich Stimmen: Schreie aus dem Treppenhaus …

Lucinas Gesicht ist verzerrt: »Er war in der Wohnung!«, schreit sie zwei Stockwerke tiefer. Erstaunt sieht sie die Polizeibeamten an, die in Echtzeit auf sie zustürzen. »Er ist in Richtung Hof hinaus … Elena.« Die Stimme des Mädchens ist nur noch ein leises Wimmern.

Curreli rennt auf den Hof, gefolgt von Bardin. Marchini bleibt bei dem Mädchen.

»Elena, Elena …«, stammelt Lucina unaufhörlich.

Elena ist tot. Erwürgt, im Fallen hat sie ein Sofakissen mit sich gerissen.

Aus Currelis Brustkorb erklingt ein Solo aus Pauken, Trommeln und anderen Schlaginstrumenten.

Bardin scheint nicht mehr gut in Form zu sein, er nutzt die Pause, um einen tiefen Schluck eisiger Luft zu trinken. »Wann schnappen wir den Typen endlich?«, fragt er und lässt seinen Blick durch den menschenleeren Hof schweifen.

Curreli versetzt der Luft eine Ohrfeige. »Wir gehen wieder hoch«, befiehlt er.

»Wir waren hier im Wohnzimmer …«, erzählt Lucina gerade. »Plötzlich haben wir im Flur ein Geräusch gehört. Elena hatte Angst. Ich habe ihr gesagt, sie soll sich nicht rühren, dann bin ich in den Flur gegangen und habe sie schreien hören. Ich bin wieder ins Wohnzimmer gerannt, dann bekam ich einen heftigen Stoß, jemand hat mich zu Boden gerissen und ist abgehauen … Ich habe versucht, ihn zu verfolgen … Dann habe ich geschrien. Dann sind Sie gekommen.«

»Versuchen Sie, den Mann zu beschreiben, der Sie gestoßen hat«, ermutigt sie Marchini.

»Ich weiß nicht, ich habe ihn nur von hinten gesehen, als er weglief!« Die Worte mischen sich mit den Tränen auf Lucinas Gesicht. »Es ist alles meine Schuld …«, jammert sie.

Curreli führt sie zu einem Stuhl. Marchini bringt ihr ein Glas Wasser. Bardin bleibt stehen.

»Ich rufe im Kommissariat an, wir brauchen die Spurensicherung und einen Krankenwagen«, verkündet Curreli mit dem Mobiltelefon in der Hand.

Marzullo hebt mit dem ersten Klingeln ab: »Commissario«, legt er los, bevor jener überhaupt zu Wort kommt. »Gut dass Sie anrufen. Habe gerade versucht, Sie mobil zu erreichen.«

»Toll, dann warst du also der Weltmeister im Timing«, bemerkt Curreli. »Was wolltest du?«

»Ich wollte Ihnen sagen, dass sich vor einer Viertelstunde ein Mann gemeldet hat, hier im Kommissariat, ein Ausländer ... Ich glaube, Sie müssen ihn sich anschauen.«

»Beschreib ihn mir«, befiehlt Curreli.

Marzullo beschreibt ihn.

Curreli lauscht und sieht Lucina an: Diese grünen Augen können einem den Kopf verdrehen, ihm war noch nicht aufgefallen, wie schön sie ist.

Sie erwidert den Blick. Jetzt ist alles klar.

»Alles klar?«, wundert sich Marchini, der hinter der falschen Spiegelscheibe steht und hindurchsieht. »Mag ja sein, aber um ehrlich zu sein, habe ich das Ganze noch nicht so recht begriffen.«

Im Verhörraum spricht Perassi derweil mit Lucina. Das Mädchen leugnet, leugnet alles ab.

Jenseits des falschen Spiegels legt Curreli ihr die Worte in den Mund: »Sie hat einen Mann des Mordes an ihrer Freundin angeklagt, nicht wahr?«, fragt Curreli Marchini.

Marchini nickt und versucht seine Irritation angesichts des oberlehrerhaften Tons zu verbergen.

»Gut, Dottor Perassi fragt sie jetzt, wie es sein kann, dass der Mann sich zur gleichen Zeit in ihrer Wohnung und im Kommissariat aufhielt, verstehst du?«

Marchini zuckt zusammen. »Sie meinen, das Mädchen hat sie umgebracht?«

»Ich meine, das Mädchen hat sie umgebracht«, erwidert Curreli entschieden und fast feierlich.

»Aber warum?« Marchini gibt sich noch nicht geschlagen.

»Tja, warum …«, sagt Curreli und schaltet die Mithöranlage an.

Durch das Gerät klingt Lucinas Stimme wie die einer alten Frau: »Sie hatten es verdient«, sagt sie gerade, »sie hatten es schlicht und einfach verdient.«

Marchini schaltet die Anlage ab: »Ja, aber der Mann, dieser Mann in Schwarz, wer ist das?«, fragt er dickköpfig.

»Ein Mönch«, erklärt Curreli, »schon jemals was von Mönchen gehört?«

»Machen Sie sich nicht über mich lustig, Commissario.«

»Ein orthodoxer Mönch … ein Grieche … Das erste Opfer war bei ihm, um ihn um etwas zu bitten … Das steht alles im Protokoll … Der Mann hat gehört, wie das Opfer und die Angeklagte zwei Etagen unter ihm stritten, dann ist er ihnen in den Hof gefolgt, doch da war es schon zu spät … Er wusste nicht, dass es dieselben Mädchen von dem Telefonscherz waren …«

»Was soll ich jetzt tun?«, fragt Lucina Armanti noch einmal.

»Das Beste ist, wenn wir erst einmal alles schwarz auf weiß festhalten«, schlägt Perassi vor. »Wir wissen mittlerweile alles: Wir wissen, dass Sie Raggi bezahlt haben, damit er … na ja, Sie verstehen schon. Wir wissen, dass das erste Opfer einen Streit mit Ihnen im Treppenhaus hatte. Und wir wissen, dass der schwarz gekleidete Mann nicht bei Ihnen zu Hause sein konnte, weil er zum fraglichen Zeitpunkt im Kommissariat war: Das ist ein wasserdichtes Alibi, finden Sie nicht?«

Die Antwort des Mädchens geht in einer Folge von Böllern unter. Eine Reihe von Salutschüssen der Menschen, die das neue Jahr begrüßen, das neue Millennium.

Jenseits der Spiegelattrappe und jenseits des wilden Treibens da draußen sehen Marchini und Curreli sich an: »Es ist zwölf Uhr!«, ruft der Erste. »Alles Gute, Commissario«, sagt er und beugt sich vor, um ihn in die Arme zu schließen.

Curreli weicht einen Schritt zurück: »Mann o Mann, Marchini, du stinkst vielleicht aus dem Mund!« Dann beeilt er sich, ihn zu umarmen.

So kam ich also erst zu Dreikönig nach Hause. Drei Tage ging alles gut. Drei Tage. Wir bauen ab, denke ich bei mir, früher hielt ich es wenigstens eine Woche aus. Bitte versteht mich nicht falsch, es ist ja nicht, dass ich mich zu Hause nicht wohl fühle, ich fühle mich sehr wohl zu Hause. Aber dieses blöde Gefühl lässt sich einfach nicht beschreiben. All das Reisen, der ständige Ortswechsel, das macht es schwierig, wieder in ein geregeltes Familienleben hineinzufinden. In die einfachen Dinge des Alltags. Denn genau diese Einfachheit belastet mich: all die Zeit, die ich mit Menschen verbringe, die ich liebe; der Umstand, sich in den Räumen eines Hauses zu bewegen, das mir gehört, in dem ich aber nie wirklich gelebt habe. Das erschreckt mich. Ich finde nicht den richtigen Rhythmus, bin immer zu spät oder zu früh. Und ich finde die Dinge nicht. Und dann die Sache mit den festen Zeiten: um eine bestimmte Uhrzeit essen, um eine bestimmte Uhrzeit ins Bett gehen … das kann ich einfach nicht. Meine Frau kommt zu mir ins Wohnzimmer, während ich auf diesen Gedanken herumkaue. Sie setzt sich wortlos neben mich. Ich denke an eine Menge Dinge gleichzeitig: dass ich bei all dem vielen Reisen den Mittelpunkt verloren habe; dass das Haus, mein Haus, schrumpft, sobald ich hierher zurückkehre; dass ich mich wie ein Gast fühle … Dass ich es kaum erwarten kann, wieder abzureisen. Ich liebe euch, sage ich zu ihrem Profil, ich liebe euch wirklich; du und die Mädchen, ihr seid das Wichtigste, was ich habe. Das wissen wir, flüstert sie. Dann schweigen wir.